La fabuladora

Para Patxi, que me enseñó el sur

Editorial Bambú es un sello
de Editorial Casals, SA

Casp, 79 – 08013 Barcelona
Tel.: 902 107 007
editorialbambu.com
bambulector.com

Ilustración de la cubierta: David de las Heras
Diseño de la colección: Miquel Puig

Tercera edición: mayo de 2021
ISBN: 978-84-8343-549-6
Depósito legal: B-30034-2017
Printed in Spain
Impreso en Anzos, SL
Fuenlabrada (Madrid)

El papel utilizado para la impresión de este libro procede de bosques gestionados de manera sostenible.

La fabuladora

Marisol Ortiz de Zárate

bambú
EDITORIAL

Mi hermana tenía un extraño tatuaje detrás de la oreja que gustaba a los chicos tanto como ella nos desatendía a Telmo y a mí.

Mi hermana tenía varios nombres: Julia, Mamelai, Shirley (pronunciado Shhhirli), aunque solo uno era el verdadero.

Era una buena cuentista mi hermana, te lo aseguro, la mejor que he conocido. Aunque no pudo conseguir con sus historias que mi entrada en la Vida fuera por la puerta del Agrado, a pesar de que lo deseaba de corazón. Me llamo Daniel Federico (Federico de apellido) y no soy escritor, pero no voy a callarme nada porque nada de lo que pasó aquel verano merece ser olvidado.

Viento y ausencias

Siempre hacía viento. De poniente, fresco y transparente, o de levante, sobre todo de levante. El viento pesado de levante venía cargado de arena, de moscas, y volcaba una y otra vez la maceta de verbena que no llegaba a florecer. Estábamos solos en la Casa del Alto, grande y destartalada como el idiota del pueblo. La Casa del Alto estaba sobre una colina y era o había sido blanca. Tenía dos pisos y una torre. Las tejas rojas del tejado estaban teñidas de liquen y en los huecos anidaban golondrinas. Así era por entonces nuestra casa. Muy abajo, junto a las barriadas blancas, se veía el mar. Solos los tres: mi hermana, mi hermano Telmo y yo. Telmo protestaba todo el rato porque el chupete se le manchaba de arena. La arena abundaba, se masticaba. Telmo ya no tenía edad de chupete, pero nadie, hasta la fecha, se había tomado la molestia de quitárselo.

Solos. Esperábamos a nuestro padre, que también se llamaba Daniel, y a nuestra madre, que se llamaba Catalina. Mi hermana contaba que eran reporteros y que estaban muy lejos sacando fotos en cualquier país que hubiera guerra.

Pero antes de la ausencia de mis padres, en la Casa del Alto había tenido lugar otra ausencia, la de mi hermana, una ausencia que terminó justo cuando empezó la de ellos. Pues bien: yo no paraba de pensar en esa coincidencia.

–¿Cuándo van a volver? –le pregunté el primer día que noté que la ausencia de nuestros padres era tan larga como para recibir el nombre de ausencia.

Se lo pregunté en el porche. Telmo jugaba a los coches. Yo leía una de las novelas del Coyote que había encontrado en la torre, entre las cosas viejas de algún habitante anterior. Y ella fumaba sentada en las baldosas mirando la única maceta que adornaba tristemente la veranda.

–Cuando le broten flores a la verbena –dijo–, volverán.

Y esa sería ya siempre su respuesta.

La familia Federico al completo nos habíamos instalado en la Casa del Alto unos meses antes de aquel verano en el que nada de lo que pasó merece ser olvidado. Llegamos casi con lo puesto. Veníamos del norte, eso era el sur. Mis padres intentaban superar una mala racha. Al principio, Daniel pasaba mucho tiempo en casa, hacía planes, iba a dar una capa de pintura a las paredes, pensaba poner un balancín en el porche, había encargado un enorme televisor. Parecía que podíamos volver a ser felices, olvidar el pasado, empezar una nueva vida. Catalina estaba radiante por tener a su marido tanto tiempo en casa, algo nada habitual, y comenzó a llenar la casa de bolitas brillantes y de acebo de plástico para celebrar lo que llamaba «las mejores navidades de nuestra vida».

Y, de pronto, todo se torció de nuevo.

Daniel volvió a las andadas, a salir a todas horas, jugaba al póker, vestía como un señorito, gastaba más de lo que tenía y, para colmo, mi hermana faltaba al instituto y había empezado a fumar.

Otra mala racha.

No celebramos juntos la primera Navidad en la Casa del Alto; unos días antes de Nochebuena, mi hermana desapareció. Pasaría todo el invierno y toda la primavera siguiente antes de que regresara, y, cuando volvió, mis padres se marcharon y ella tenía el pelo al rape, un tatuaje y ya no era la misma.

Tinieblas
(primera parte)

La historia de la Casa del Alto era desatinada y prodigiosa. Mamelai se sentaba en el suelo del porche a lo indio y nos hablaba con palabras sencillas para que Telmo entendiera.

Tengo que aclarar, para que nadie se líe, que Mamelai era como se hacía llamar mi hermana últimamente cuando contaba sus asombrosos relatos.

–¿Por qué? –pregunté la primera vez que me lo dijo.

Ella contestó que de ninguna otra forma podía llamarse una cuentista mercenaria. Me sonó raro lo de mercenaria, pero ahí quedó la cosa.

–Érase una vez... –comenzaba Mamelai.

La historia continuaba presentando a un hombre que tenía dos particularidades: una era la de llevar siempre un sombrero panamá blanco con una cinta negra sobre la cabeza, y la otra, mucho más extraña, se refería a su sombra. Quizá parezca imposible imaginar una sombra que no se parezca a la imagen que la produce, pero era así: a este hombre jamás se le reproducía su silueta tal como era, ni siquiera al atardecer, cuando el sol, muy amarillo, vuelve los contornos de las sombras más nítidos y reconocibles. Su sombra, además de no parecer su sombra, cambiaba constantemente de aspecto coincidiendo con sus estados de ánimo. Unas veces tomaba la apariencia de un animal negrísimo; otras, la de una vieja contrahecha o la de un tronco retorcido, y el panamá, entonces, podía representar el perfil de cualquier ser horrible o tenebroso. El hombre empezó a obsesionarse, sentía que la gente lo miraba, que los vecinos murmuraban cuando pasaba, que le volvían el rostro y que lo odiaban. Estaba convencido de que era por su sombra. Dejó de frecuentar las calles a la luz del día, el Casino, la Cofradía de Pescadores, y solo paseaba por la noche por lugares sin farolas, allí donde desaparecen las sombras. Alguien comentó que parecía el amigo de las tinieblas y desde entonces lo llamaron así: Tinieblas. Al cabo de un tiempo, ya nadie recordaba su verdadero nombre.

Tinieblas era rico, inmensamente rico. Poseía una fábrica de pescado donde se hacían conservas, ahumados, salazones. Cuando entraba por la puerta cada mañana, obligaba a apagar todas las luces y dejaba la fábrica en penumbra para que nadie pudiera apreciar la rebeldía y la deformidad de su sombra. Los obreros entonces apenas veían y el esfuerzo de limpiar las espinas del pescado se multiplicaba. Pero nadie se quejaba, porque en la fábrica de Tinieblas estaba prohibido protestar. Y Tinieblas, a medida que pasaba el tiempo, se volvía más huraño, cada vez más solitario. Cierto día decidió dejar el pueblo y compró la vieja casona de la colina más alta para vivir aislado de todos. Como era tan rico, compró la colina entera. Tenía la secreta esperanza de que el viento, que allí soplaba con fuerza, se llevara volando su sombra y él se libraría de su odiada enemiga para siempre.

Pero no sucedió así. La sombra de Tinieblas siguió con él y siguió siendo rebelde. Tinieblas no sabía qué hacer. Estaba asustado, desesperado, creía volverse loco. En el pueblo vivía un viejo pescador, Zacarías, del que se decía que era sabio. Zacarías bajaba cada mañana al puerto, se sentaba en una sillita baja y arreglaba redes. En realidad no las arreglaba, porque tenía más de cien años y estaba casi ciego, pero era feliz imaginando que aún podía ser útil. Se decía que Zacarías lo sabía todo porque tenía una historia escrita en cada arruga de la cara. Así que Tinieblas decidió acudir al puerto para encontrarse con Zacarías.

–Zacarías –dijo Tinieblas sin quitarse el panamá y sin agacharse; era gordo y alto–, ¿por qué mi sombra es tan desobediente?

Zacarías dejó las redes un momento y miró hacia arriba con sus ojos casi ciegos; no miró a Tinieblas.

–¿Por qué te preocupas tanto por tu sombra? La sombra no existe, solo es la ausencia de luz. Deberías preocuparte por cosas más reales, como, por ejemplo, la situación de los trabajadores de tu factoría. –Se refería a los severos castigos que les imponía, sobre todo a las mujeres, cuando descubría alguna espina en las conservas.

–Déjate de sermones, Zacarías, y dime qué puedo hacer para que mi sombra me obedezca, si es que lo sabes, porque me parece que no eres tan listo como se dice.

Zacarías bajó los ojos y volvió a su tarea con las redes. Estuvo en silencio un instante tan largo que a Tinieblas se le hizo insoportable.

–Los Devoradores de Cerebro provocan el error –dijo al fin–. Guárdate de ellos.

–¿Quiénes? –interrumpimos Telmo y yo a la vez cuando Mamelai llegó a este punto de la historia.

–Eso mismo preguntó Tinieblas: quiénes –dijo ella–, pero no consiguió arrancarle a Zacarías ni una sola palabra más.

–¿Y qué pasó con Tinieblas?

–Después del mensaje de Zacarías, Tinieblas ya no pudo dormir ni trabajar ni vivir. Abandonó la fábrica, esta casa donde ahora estamos nosotros, y se marchó lejos en busca de los Devoradores de Cerebro para que le resolvieran el misterio de su sombra.

–¿Y los encontró? –interrumpí sobrepasado de intriga.

Pero mi hermana ya corría hacia el interior de la casa porque había oído el sonido inconfundible de su teléfono.

La laguna

Aquel mismo día por la tarde, Telmo subió a gatas las escaleras del porche, que estaban salpicadas de arena, y, escondiendo la cara entre los puños, empezó a llorar. Ya no tenía edad de gatear y, por lo tanto, esa manera de desplazarse era infantil e innecesaria. Yo le acababa de arrear un buen sopapo por acercarse más de lo debido a la laguna de la colina, algo que tenía absolutamente prohibido. Porque era una laguna tan turbia que ni se veía el fondo; porque yo no sabía nadar a pesar de mis catorce años y medio, lo que aumentaba mi miedo, y porque un bulto extraño, amoratado y redondo había aparecido de repente por aquellos días en medio del agua, como una cabezota de borracho.

–¡Si vuelvo a verte junto a la piscina –él la llamaba *pistina*–, haré salir al hombre ahogado y te comerá el pito! –le grité con todas mis ganas.

Se echó la mano a la bragueta, espantado. Dijo hipando que solo quería cazar una rana. Yo comprendía su aburrimiento, que también era el mío, y la longitud inacabable de los días sin escuela.

Cogí a Telmo con una mano, los cubos y las palas con la otra, y bajamos por el camino de la colina hacia la playa. Nuestra hermana, como cada tarde, había desaparecido del mapa.

La banda

A lo lejos, por la playa, venía la tropa de los chicos: Zetazeta, el Bruno y el Benito, Apache, Casimiro Gas..., con la Canuta capitaneando la Banda. A la Canuta, la marimacho del pueblo, le decían la Mocha porque no le hicieron agujeros para los pendientes. Tenía más fuerza y peleaba mejor que cualquier chico de trece o catorce años. Y mejor que muchos de quince y que alguno de dieciséis.

–¡Eh, Vasco! –llamó la Canuta–, ¡*bajá pabajo*!

Se habían detenido a unos cuantos metros de mí, que leía, tirado a lo largo sobre los montículos de la playa, una novela del Coyote, mientras Telmo, en la orilla, hacía hoyos y flanes con la arena. No es que no hubiera oído la voz mandona de la Canuta y tampoco que no supiera que me llamaban el Vasco, pero no contesté.

–¡El nota! –dijo Apache adelantando el pecho–, ¡como que ni nos mira!

La Canuta le retuvo con la manaza extendida.

–¡Quieto, *pisha*! –Caminó ella hacia mí, decidida, estirada dentro de lo posible, pues era chaparra; los demás caminaron detrás–. Vasco –repitió–: *antié* vimos a tu hermana entrando en *ca* la tía Paca.

La tía Paca era una vieja trapichera y poderosa a quien nadie osaba contrariar ni levantar la voz.

–Está buena la Shirley –dijo Casimiro Gas.

–Es raro, tío..., ¿no es raro? –dijo Apache repasándome con una mirada torcida. El final de un cigarrillo (una *chorla* lo llamaba él) le colgaba de la comisura izquierda, como al pedigüeño del pueblo. Yo seguía sin abrir la boca, pero ya no leía. Y eso que el hablar de unos y otros sobre mi hermana era un ruido tan familiar como el sonido del viento.

–¿Qué buscaba en *ca* la tía Paca? –dijo la Canuta.

–Eso, ¿qué buscaba? –preguntaron el Bruno y el Benito, gemelos tan idénticos que hablaban a la vez.

–Espera..., espera..., deja que la Canuta lo adivine... ¿Contrabando? ¿*Medecinas*? Ya sabes que el padre de los gemelos es *municipá*. Si se entera, la enchirona –dijo la Canuta.

–¡A mí qué me contáis! Yo no sé nada –dije incorporándome de un salto. Y nada sabía, era cierto. Sentí haber cerrado la novela sin cuidarme de doblar una esquina como marcapáginas.

–¡Eh, eh! ¡Qué bulla te ha *entrao* de pronto! *Contrimás* tonto te hagas, peor –amenazó la Canuta.

–No nos chivamos si nos traes una cosa de tu hermana –dijo Casimiro tontamente–, algo que huela a la Shirley.

Los otros empezaron a reírse como si graznara o cacareara una colonia de gansos. El Bruno se golpeaba los muslos. Apache tosía y reía a la vez, sin que se le cayera por ello la chorla de la comisura izquierda. Yo dije que me olvidaran y llamé a Telmo con intención de marcharnos.

La Canuta me agarró de un brazo. Acercó su cara a la mía, olía a acné toda ella, no solo la cara, y tuve un sentimiento de repulsión.

–*Cusha, pringao,* tú te mueres por ser de los nuestros, no te hagas el chulito que a mí no me la das, que la Canuta está a la que salta. Pero *pa* eso hay que apoquinar. No serás de la Banda hasta que no pases la prueba. Como *to quisqui.* Como cualquiera. La prueba, no lo olvides. Y no estoy hablando de nada que huela a tu hermana.

La Canuta escupió al suelo. Tuvo la finura de cubrir el salivazo con arena. La Canuta pasó de largo en dirección al pueblo. Todos siguieron a la Canuta.

Julia

Al día siguiente me desperté a la hora de siempre, como si hubiera que ir al colegio. En la cama de al lado, Telmo dormía destapado. Estaba desnudo en realidad, solo llevaba puesto el pañal. Un grandísimo meón, pensé con fastidio, porque no cabía duda de que Telmo, a punto de cumplir los cinco años, ya no tenía edad de pañales. Pero mi hermana quitaba importancia al asunto porque hacerse pis por las noches es algo involuntario; un problema, por llamarlo así, que se solucionará solo, con el tiempo: un día nos levantaremos por la mañana y Telmo estará seco y nunca más volverá a necesitar pañal, decía.

Salí de la cama y me acerqué descalzo a la habitación que antes utilizaban mis padres y que ahora ocupaba mi hermana. La cama estaba deshecha, vacía; esa noche *tampoco* había dormido en casa. O a lo mejor no había dormido a secas, ni en casa ni en ninguna otra parte. Como Daniel cuando faltaba algunas noches, y era doloroso en esos casos percibir la espera de Catalina vigilando desde el porche el camino de la colina por si veía aparecer la luz del automóvil. Una espera que luego, por la mañana, acababa en llanto. Y en alegría y alivio después, cuando mi padre regresaba por fin hacia la hora de comer. Entonces, Catalina nos ignoraba y solo se movía y respiraba para él.

Bajé las escaleras y me dirigí a la cocina. Por costumbre, mientras avanzaba por el pasillo, saltaba a la rayuela sobre las baldosas blancas y negras del suelo: *U-na se-ño-ra gor-daaa, con su som-bre-rooo...* ¿Como una niña?, me pregunté incapaz de darme una respuesta que me resolviera la duda. En la cocina abrí el frigorífico, saqué la botella de leche y bebí. A morro. Me puse a pensar en lo poco que sabía sobre la vida de mi hermana y quise recordar cómo era antes de la ausencia, antes de aquella Navidad y antes del extraño tatuaje. Me habría gustado aceptar que el cambio era solo físico (más delgada ahora, el pelo rapado), pero no podía. El cambio abarcaba más, lamentablemente mucho más.

De pronto, oí la puerta de la calle. Mi hermana acababa de llegar y subía a la planta de arriba sin entrar en la cocina.

–Julia, Julia –la llamé, corriendo a su encuentro.

Ella se detuvo en la mitad de la escalera y nos miramos. Tenía el pintalabios de la boca emborronado y los ojos hinchados, casi cerrados, como los de la gorda de la charcutería del pueblo.

–¡Chist! –dijo mi hermana llevándose el dedo índice a los labios. Sonreía enseñando los dientes, a saber con qué motivo–. No quiero que me llames así, ya lo sabes, hace mucho que dejé de ser Julia. –Arrastraba las palabras, se le doblaban las piernas, olía a algo que no era de la casa ni de ella. Se me acercó y me acarició la cara–. ¿Dónde está mi chiquitín? ¿Aún no se ha levantado? Subo a verlo.

–¿Fuiste a casa de la tía Paca? –le solté a bocajarro.

–¿Quién te ha contado eso, criatura?

–¿Fuiste o no fuiste?

–Venga, Dani, que estoy cansada.

–¿Qué tenías que hacer allí? Mamá se moriría si lo supiera.

–¡Bueno! ¡Mamá! Mamá no puede verme.

–No quiero que vayas allí, esa vieja es mala.

–¡Mi hombrecito! Claro, te estás haciendo un hombrecito...

–¡Quita!

–El hombrecito de la casa que cuida de mí.

–No te rías, no tiene gracia.

–No me río.

–Estás rara.

–No, solo cansada.

–¿Por qué no has dormido en casa?

–Porque estaba ganando dinero. Mira, mira...

–¿Quién te lo ha dado?

–Dinero, mucho dinero... Te compraré una bici de carreras, Dani. La mejor. Y a Telmo una de cuatro ruedas.

–No quiero una bici de carreras, quiero que duermas en casa.

–Eso es lo que voy a hacer ahora mismo. Anda, dame un beso.

–No. Hueles a otra persona.

–¡Uy! El hombrecito ya no quiere besar a su hermana...

–Cuando huelas a Julia.

–A Julia, ¡tiene gracia! A Julia... –Se reía y movía la cabeza mientras subía la escalera–. ¿Qué olor es ese «de Julia»?

Pero al rato, y aunque mi hermana había cerrado la puerta del dormitorio (y echado el pestillo), la oí llorar. Me dio por pensar en una frase leída en un Coyote; no recordaba el título de la novela, aunque sí recordaba que no la decía el Coyote, sino alguno de los muchos personajes que aparecían en sus novelas: «No le preguntes nunca a un loco por qué comete sus locuras. Las comete porque está loco y son locuras porque las comete un loco».

El hambre

Así que Telmo y yo acabamos por irnos a la playa. Hacía un viento terrible, volaban las sombrillas, los sombreros, la arena se levantaba: un buen día para los cabalgadores de olas, como llamaba Talú a los surfistas. Talú, el amigo de las metáforas, el amigo de Julia.

Nos fuimos andando hasta las rocas, no tanto por resguardarnos del viento como por acercarnos al búnker en ruinas, zona de operaciones de la Banda.

Por aquellos días yo tenía un problema. Bueno, no tenía uno, sino dos. El primero era el hambre constante de comida, un hambre que nunca se me saciaba del todo y que me convertía en un registrador obsesivo del frigorífico de casa, casi siempre vacío. Y aunque protestaba porque Julia no lo llenaba lo suficiente, ella se sacaba la culpa como quien se saca un grano o un zapato:

–Tu hambre voraz se debe a que estás creciendo y al aire del mar, que abre el apetito –decía. Y se quedaba tan ancha.

El otro problema era de relación: no me gustaba la compañía de los chicos de mi edad, siempre dando patadas a una pelota o buscando fotos de chicas, cuanto más mayores e infladas de silicona, mejor. Y, sin embargo, en ese momento yo estaba allí, frente al búnker, buscando algún tipo de aproximación hacia la Banda por mi curiosidad creciente sobre lo que ellos conocían y yo desconocía de mi hermana.

Precisamente en ella estaba pensando cuando la vi caminando hacia nosotros con una bolsa de plástico en la mano. Quise hacerme la ilusión de que iba cargada de comida. Talú la acompañaba con su macuto colgado del hombro donde guardaba cosas personales, la cámara de fotos, todo.

–Bocadillos y refrescos –dijo Julia al llegar, pasándome la bolsa.

–Del chiringuito –dijo Talú–; recién hechos.

Talú era de fuera. Trabajaba en el chiringuito del hostal La Costera y no era el trabajo de su vida, lo decía a todas horas. Acababa de llegar al pueblo, como quien dice, y ya hablaba de marcharse.

–Si no está aquí lo que busco, como vine me iré –decía. Era otra de sus frases.

Me tiré como un ogro a la comida. Telmo era más partidario de los refrescos. Le gustaba tomarlos con pajita y, mira por dónde, a Julia se le habían olvidado las pajitas. Por una tronera del búnker se escapaba un interesante olor a sardinas asadas y el humo de la fogata que siempre hacían ahí dentro los de la Banda. La Canuta, la pirómana del pueblo. Nadie hacía las fogatas como ella, nadie asaba las sardinas como los de la Banda, pero, aunque eso fuera un punto que me atraía de la Banda, yo no estaba allí por las sardinas, sino por lo que más aborrecía de la Banda: la propia Banda.

Mientras se comían las sardinas sentados en la roca sobre la que estaba construido el búnker, toda su atención la concentraban en nosotros. Buen principio para un posible contacto. Positivo, me dije. La Canuta me miraba retadora, y cuando yo la miraba se acercaba al oído de Apache, me señalaba y murmuraba. Positivo también.

Julia fumaba tan tranquila ajena a mis asuntos mientras Talú revisaba su cámara Nikon, grande y llena de accesorios. Talú, el amigo de las imágenes.

–Dime, Julia –dijo a mi hermana sin dejar de inspeccionar la Nikon–, ¿posarás para mí?

–¿Con o sin ropa? –preguntó ella guiñándole un ojo. Yo refunfuñé; no la soportaba cuando se hacía la sexi.

–Me parece que olvidas que solo quiero retratar tu tatuaje.

Talú no era fotógrafo profesional, pero tampoco Julia era modelo, aunque tenía las piernas más largas y bonitas que la mayoría de las chicas del pueblo. O eso se decía en todas partes.

A Talú la luz de la tarde le parecía magnífica. Decía:

–Amarilla e intensa; tiene volumen.

Me pidió que lo ayudara.

–Dani, ven con nosotros, sujétame los accesorios para que no les entre arena. Ni un grano, *please*, ni un solo grano. Cuestan un dineral.

–¿Ahora? –dije con la boca llena.

–Sí, ahora; no quiero desaprovechar esta luz.

Nos fuimos los cuatro hacia las rocas del fondo mientras Talú iba cargándome cacharros: filtros, lentes, objetivos y trípodes. Quedaron los refrescos abiertos y los bocadillos a medio comer, en espera sobre las toallas.

Talú miraba a Julia a través del objetivo; yo miraba a Talú, no lo podía evitar.

Cuando me dejaron regresar, solo, porque Telmo se quedó con ellos, los de la Banda ya no estaban en el búnker. Ahora jugaban al balón muy cerca de nuestras toallas. Los refrescos se habían derramado; los bocadillos estaban rebozados en arena. Me quedé pasmado mirando el estropicio. Entonces, la Canuta hizo un chute y el balón me dio de lleno en el estómago.

El dolor me hizo ahogar un grito.

–¡Pásala, Apache! –o algo así gritaban. Y Apache también chutó y esta vez el balón pasó rozándome la cara.

–No tiene gracia –dije frotándome la raspadura.

El tercer balonazo por muy poco no me tiró al suelo.

–¡Basta! –grité sabiendo que entraba en territorio peligroso–. ¡Cobardes! ¡Sois mayoría! ¡Sois unos cobardes!

Pararon el juego al instante, como cuando suena la campana del colegio, y se colocaron en línea horizontal. Todos: Zetazeta, el Bruno y el Benito, Apache, Casimiro Gas..., con la Canuta de jefa, la Cangreja, como la llamaban las chicas, porque no tenía cuello. Avanzaban a lo matón y poco a poco me rodeaban: ojos malignos, brazos caídos, piernas separadas.

–¡Uy! El Vasco se ha *picao* –empezó uno.

–¿Qué nos has llamado? Repítelo si te atreves, que no nos ha *entrao* bien por el *sentío* –dijo otro.

Respiré. Les dije que los había llamado cobardes. Pero lo dije con la voz tan baja que habría sido un milagro que me oyeran. Solo que los milagros, a veces, existen.

–Podemos canearte de uno en uno si lo prefieres –amenazó Apache, acosando.

–Eso sigue siendo de cobardes –dije yo retrocediendo.

–¡Cobarde es el que pasa de los líos de su hermana, que aquí *to* se comenta y *to* se sabe! –Apache había levantado el vozarrón y me buscaba la boca con sus ojos oscuros y pequeños de piel roja.

–¡Vasco! –gritó la Canuta. Mordía un palillo–. ¡O estás *pa* mí, o contra mí!

¿Tenía miedo? Por supuesto, pero dije:

–¿Y eso qué es? Tradúcemelo, si no te importa.

–¿Que te qué? –La Canuta se sacó el palillo de la boca y escupió–. ¿Tú a mí me ves *faiciones* de tonta? Hablo de la prueba, *atontao,* y es la última vez que te lo digo, que la Canuta no habla *pa* gastar saliva. Si pasas la prueba serás de la Banda, si no la pasas estarás contra mí. ¡Y no hay más *na*! Te lo dice la Canuta.

Y ahora, ¿positivo? Algo me decía que no. Mi hermana me sonreía desde las rocas y saludaba con la mano a «mis nuevos amigos». Ella siempre me animaba a que me integrara en las pandillas del pueblo.

El primer libro de cuentos

Por esos días, Julia contó una cosa que me impactó de lo lindo.

–¿Sabéis cuál fue el peor castigo que recibí de pequeña? Que me quitaran un libro, mi primer libro de cuentos.

–¿Cuántos años tenías?

–Ocho.

–¿Quién lo hizo?

–Papá. Era un libro precioso, ¡me acuerdo tanto de él! He tenido otros libros a lo largo de mi vida, muchos, pero ninguno como ese. Se titulaba *Leyendas casi ciertas de los cinco océanos*, y todas las historias trataban de sirenas, de marinos intrépidos o estaban relacionadas con el mar. Me lo habían traído los Reyes Magos aquel año –explicó mirando a Telmo–. No solo eran preciosos los cuentos, también las ilustraciones lo eran.

–¿Qué hiciste para que papá te lo quitara?

–Me porté mal, según él. Siempre decía que el que la hace, la paga. Creo que quería castigarme de verdad, estaba muy enfadado conmigo.

–¿Fuiste mala como cuando yo me escapé de pequeño y luego no me encontraban? –dijo Telmo.

–Sí, mala; eso es.

–¿No te lo devolvió nunca? –dije yo.

–Jamás lo he vuelto a ver.

–¿Y no se lo pedías?

–Claro que se lo pedía, pero papá decía que lo recuperaría cuando me lo mereciera de nuevo.

–¿Cómo? ¿Sacando buenas notas?

–Por ejemplo. Pero ya sabes, Dani, que siempre he sido una estudiante del montón.

–¿Qué hizo con el libro?

–No lo sé. Supongo que acabaría perdido en alguna mudanza.

–¿Y no podrías comprarlo de nuevo?

–Ya me gustaría y lo he intentado, pero es como si mi ejemplar fuera el único que salió a la venta. No lo conocen en las librerías de libros viejos, he buscado en todas las ferias posibles, no existe ni en Internet. Daría cinco años de mi vida por tenerlo. En él leí historias que no he vuelto a encontrar en ningún otro libro.

–¿Te acuerdas de alguna?

–Claro, de muchas. Y eso que era bien pequeña, pero la mayoría las leí cien millones de veces.

–Cuenta una, venga.

Ahora había hablado Telmo.

Una leyenda siciliana

Desde que Mamelai nos habló de Colapesce, el siciliano que nadaba distancias imposibles hasta en días de fuerte borrasca para servir de correo entre los marineros de altamar y sus familias de tierra adentro, yo soñaba con imitarlo.

–Colapesce –decía pronunciando el nombre como si lo cantara–, el Hombre Pez, vivió hace muchísimos años, y si ahora existiera sería tan viejo y estaría tan arrugado como los primeros libros incunables –contaba Mamelai. Y, para que entendiéramos la palabra «incunable», ella se iba a otras historias que me obligaban a hacer diferentes preguntas que favorecían nuevas narraciones. Algo así como una historia tronco con sus ramas.

Pero a Telmo las ramas no le interesaban lo más mínimo.

–¿Y qué pasó? –decía. Solo le importaba el cuento tronco. Quería escucharlo una y otra vez.

–Colapesce era de rostro aplanado, ojos separados y cuerpo pálido y escamoso como de pez. De él se decía que podía pasar mucho rato sumergido sin salir a respirar porque las nereidas, que lo amaban y querían poseerlo, le insuflaban aire con sus besos para que se quedara con ellas. Gracias al entrenamiento progresivo, se consigue aguantar cada vez más tiempo bajo el agua –explicaba Mamelai en alguna de sus frecuentes derivaciones. Y ponía el ejemplo de las buscadoras de perlas de Japón, las *ama-san*, que bajan al fondo marino sin oxígeno ni escafandra, a pulmón libre.

Por eso, animado por ella, pero sobre todo para superar mi miedo absurdo al agua, comencé a ensayar las inmersiones en la bañera de casa, una bañera con patas de hierro como solo había visto en el cine.

–Pronto por toda Sicilia se corrió la voz del Hombre Pez y un día el rey lo mandó llamar a su palacio. «Si eres tan buen nadador y buceador como dicen –le propuso–, ve y haz un recorrido submarino en torno a la isla para que luego pueda yo conocer de tu boca lo que atesora mi reino bajo las aguas». Colapesce obedeció, y a su regreso contó al rey todo lo que había visto: montañas de corales rosas, cuevas con fosforescencias, barcos hundidos y peces de muchas especies.

Yo pasaba cada vez más rato bajo el agua en la enorme bañera con patas. Primero, hinchaba el pecho para llenar de aire los pulmones y entonces crecía y me ensanchaba. Después, me sumergía midiendo el tiempo transcurrido con el cronómetro de mi reloj. Mamelai me felicitaba.

Pero Telmo, a lo suyo.

–¡Sigue, venga!

–Otro día, el rey quiso saber qué había bajo los volcanes que los volvía ardientes y furiosos y mandó a Colapesce zambullirse para que aclarase aquel misterio. Colapesce de nuevo obedeció, esta vez llevando en las manos un trozo de madera de olmo. Estuvo varias horas en las profundidades. «Majestad –dijo cuando regresó–, bajo el Etna hay una densa columna de humo y un gran incendio que alimenta el volcán». Y le entregó, como prueba, el trozo de madera de olmo carbonizado. A medida que pasaba el tiempo, el rey se volvía más ansioso e insaciable de conocimiento, y días más tarde formuló otra petición a Colapesce: quería saber sobre qué se asentaba la ciudad costera de Messina. Nuevamente, el Hombre Pez obedeció. Estuvo dos días sumergido. «Majestad –dijo a su vuelta–, Messina se asienta sobre una roca; a la roca la sujetan tres columnas: dos fuertes y resistentes, la tercera resquebrajada y débil. Pero no me ordenéis bajar allí nunca más porque he pasado miedo, pues he visto un remolino tan profundo que no logré encontrar su fondo». El rey no le hizo caso; para él, el miedo era un sentimiento mezquino, indigno de su vasallo.

«El delfín puede aguantar veinte minutos sin salir a respirar; la ballena, una hora; el elefante marino, dos. El hombre entrenado, hasta diez o doce minutos; hay casos, muy aislados, que superan estas cifras. Por el reflejo de inmersión se reduce el consumo de oxígeno y baja el ritmo cardíaco. Para aumentar el rendimiento es importante aprender a respirar incrementando el volumen de aire que entra en los pulmones, todo ello acompañado de la práctica de una coordinada relajación mental», leí en un libro sobre apnea que había tomado prestado de la biblioteca del pueblo. El día en que me convirtiera en un auténtico Niño Pez, me atrevería con la laguna y sacaría de ahí al hombre ahogado. Mamelai me sonreía mientras hacía una pausa para encender otro de sus cigarros.

Pero Telmo, empecinado, insistente:

–¡Sigue, sigue, jo!

–La curiosidad del rey era ya fuerte y maldita. Conocer el fondo del remolino le obsesionaba. Y quiso que Colapesce se sumergiera una vez más. Colapesce protestó, se resistió, imploró, pero el rey no escuchaba sus quejas. Embarcaron los dos en un bote de remos y, cuando estuvieron sobre el remolino, el monarca se quitó la corona de la cabeza, que era la Corona del Reino y estaba llena de piedras preciosas, y la arrojó al mar. «Si vuelves con la corona –dijo a Colapesce–, tuya será». Colapesce se lanzó al agua. Llevaba en la mano cerrada un puñado de lentejas. Después de una larguísima espera, las lentejas afloraron a la superficie. Solas. El Hombre Pez nunca más regresó.

–¿Y dónde estaba? –preguntó Telmo.

–Hay quien dice que se quedó en el fondo reforzando con su cuerpo la tercera columna resquebrajada y débil que sujeta Messina. Pero yo prefiero pensar que fue capturado por las nereidas y desde entonces vive bien a gustito cuidado y mimado por ellas –dijo Mamelai soplando a Telmo en el flequillo que le cubría los ojos y dando por finalizado el cuento.

El bumerán

El quinto cumpleaños de Telmo, sábado, amaneció bochornoso y nublado; mal presagio, según lo que decían los pescadores más viejos, que aseguraban que un día sin *claridá* es un mal día. Pero no lo sería para nosotros; más bien todo lo contrario, pues Julia había prometido llevarnos a comer paella y fritura al chiringuito de La Costera.

–Mañana es un día importante, Telmo –le había dicho la tarde del viernes–: cumples cinco años. Habrá que hacer algo especial.

Telmo preguntó si tendría regalos y Julia puso los ojos como platos.

–A ver: ¿tú conoces algún niño que no haya tenido un regalo por su quinto cumpleaños?

Así que Telmo ese sábado se había levantado muy pronto, nervioso como en el día de Reyes, y me había levantado a mí.

Solo Julia dormía y Telmo quería despertarla.

–Aún es pronto –le dije–; seguro que anoche se durmió muy tarde.

Lo dije por decir; ni siquiera la había oído entrar en casa.

Bajamos a la cocina, desayunamos, fregué los tazones y las cucharas y nos vestimos con la misma ropa del día anterior. Telmo sabía quitarse el pañal, ponerse el calzoncillo, los pantalones con goma elástica en la cintura, pero era incapaz de abrocharse un solo botón de la camisa y tuvo que aguantar que lo llamara inútil.

–¡Ni que fueras un bebé! –renegué. Estaba hasta las narices de su retraso.

–Vamos a despertarla, Dani –me pidió mientras le buscaba una camiseta en el armario.

–Estará cansada; que duerma un poco más.

–Pero quiero ver mi regalo.

–Mejor que pensaras en dejarte de mear.

A través de la ventana, el cielo parecía cubierto por el humo de muchas chimeneas con falta de deshollinar. Enchufé la radio y oí que estaban hablando del tiempo: se acercaba un temporal y alertaban de los peligros de la navegación a los pesqueros de bajura y a los yates de recreo.

A mediodía, Julia seguía durmiendo.

–Venga, ¿la despertamos?

–No, todavía no. A ver si se despierta sola.

Nos había entrado hambre, sueño, hacía un calor asqueroso y el viento aullaba atrapado en las rendijas de la casa: «Huuu..., huuu..., arrasaré..., huuu..., huuu...», parecía decir silbando. En el porche, la maceta de verbena estaba volcada. La levanté y la puse al resguardo; no, todavía no tenía flores.

Por la tarde, Julia no se había levantado aún y Telmo ya no aguantaba sin despertarla.

–De acuerdo, canijo, subamos –le permití.

En la cama grande de Daniel y Catalina, ella dormía bocabajo destapada, casi desnuda. Las persianas estaban bajadas. En la penumbra no se distinguía el tatuaje.

–¡Despiértate, venga, despiértate! –dijo Telmo zarandeándola y encendiendo la luz–. ¿Dónde está mi regalo?

Julia se había sentado en la cama con los ojos enrojecidos de sueño. Pero yo no la miraba a ella. Lo que miraba era el tatuaje; ahora se veía bien, su color oscuro, sus formas geométricas. Dije enfadado:

–¿Ya no te acuerdas? Prometiste que comeríamos en el chiringuito de Talú.

Y Telmo:

–¡Mi regalo! ¿Dónde guardas mi regalo?

Y ella:

–¡Oh, Dios! Claro, Telmo, tu cumpleaños.

Y Telmo:

–¿Te has olvidado de mi cumpleaños?

Julia improvisaba bien.

–No, Telmo, no me he olvidado. Es que he encargado un regalo muy bonito y muy especial y lo tienen que fabricar. En serio, es la pura verdad. No había en la tienda lo que yo quería comprarte y tuve que encargarlo.

–¿Y qué es?

–No lo adivinarías ni en cien años.

–Ya sé: ¡una barca hinchable para la *pistina*!

Julia se levantó. Iba a trancas y barrancas. Parecía una enferma o una anciana. Se encerró en el baño y la oímos toser o vomitar. Cuando salió parecía otra. Estaba guapísima. Se había puesto un vestido muy corto con círculos concéntricos blancos y negros que la convertían en una especie de diana para tiro al blanco.

–Bueno, hermanos, ya que nos hemos saltado la comida, bajaremos al chiringuito a cenar –dijo soplando a Telmo en el flequillo–. No se cumplen cinco años todos los días.

Recorrimos a grandes zancadas el camino que bajaba al pueblo, así que llegamos sudorosos y cansados.

En el quiosco del señor García, que nos pillaba de paso, que no cierra nunca, que no es exactamente un quiosco y cuyo dueño tampoco es lo que se dice un señor, había encargado Julia el regalo de Telmo.

–Escoge lo que más te guste, bonito –le dijo. Y repitió–: no se cumplen cinco años todos los días.

Como el señor García no tenía barcas hinchables de ningún tipo, a Telmo le costó muchísimo decidirse. Quería todo o no quería nada, un horror. Yo me moría de hambre. Al final, eligió un bumerán de madera pintado de muchos colores. En el envoltorio de cartón ponía: «Advertencia: este utensilio puede resultar un arma peligrosa. Solo para uso doméstico. Utilizar bajo vigilancia de un adulto».

–¡Acertaste! –dijo Julia–. ¡Justo lo que te había encargado! Mira que eres listo.

–¿Qué tiempo tiene? –dijo el señor García señalando a Telmo.

Telmo levantó los cinco dedos.

–Es *mu* chico, *mu* chico *pa'l* bumerán.

–Cobre de aquí y deme cinco velitas de cumpleaños.

Salimos de una vez. Aún quedaba un trecho hasta la playa. Atravesamos la plaza, el mercado, la muralla medio rota. Por la puerta del bochinche de Juanporrones se escapaban acordes de guitarra, palmas, una voz... *Tirititrán tran trau...* Julia siguió a aquella voz, hipnotizada, y Telmo y yo seguimos a Julia. Los que bebían en el bochinche le hicieron corro nada más entrar.

–¡Pero si está aquí la Shirley!

–¡*Presiosa,* salerosa!

–¡*Q'estás* más *apretaíta* que los tornillos de un submarino!

En fin, para qué seguir, los piropos eran de ese estilo, querían abrazarla, besarle el tatuaje, ella bailaba en el centro con horrible estilo flamenco, pero con tanta gracia que era imposible sentir vergüenza por ella. Hasta que el humo de los cigarros hizo que Telmo lagrimeara.

–Andando –dijo Julia cuando se dio cuenta limpiándole los lagrimones que acaso no fueran de humo.

Cuando salimos, el levante soplaba muy fuerte y había anochecido por completo.

La paella de la Costera nunca fue lo que se dice un manjar y yo siempre preferí la de mi madre, pero la fritura, sobre todo la de choco y cazón, hay que reconocer que la bordaban. Talú escogió para nosotros una mesa resguardada bajo el toldo, porque tenía mucha pinta de llover. Pedimos aceitunas mientras venía la cena, bebimos gaseosa, repetimos pan. Yo devoraba, pero Telmo se había llenado con las aceitunas y la gaseosa y solo quería jugar con el bumerán. Talú trajo un trozo de tarta de chocolate y Julia clavó, una a una, las cinco velitas y las encendió con su mechero para que Telmo soplara.

Y de pronto...

Doce menos cuarto de la noche. Un rayo blanquísimo iluminó todo el cielo, el trueno llegó después, a los dos o tres segundos. El viento era huracanado, la tormenta estallaba por fin. Se fue la luz y el chiringuito quedó completamente a oscuras. Empezó a llover con fuerza, a diluviar, y la gente abandonaba las mesas dejando los platos a medias. Solo nosotros seguíamos allí, mojándonos con el agua que entraba por los laterales abiertos, con Telmo llorando muerto de sueño pidiendo el chupete y las cinco velitas derribadas y apagadas por el viento. Pero es que Julia no se movía, no contestaba, no respiraba. Tenía el mechero en una mano y con la otra se apretaba el cuello, como si le faltara el aire. ¿Era por miedo a la tormenta? ¿O era por el hombre siniestro que había aparecido en la playa frente al chiringuito justo cuando faltó la luz? Un hombre gordo y alto que llevaba un sombrero panamá blanco y que, aprovechando el resplandor de los relámpagos, miraba a Julia con ojos asesinos, ojos que parecían disparos de rifle apuntando a la diana de su vestido.

–¡Tinieblas! –se me escapó, porque fue la imagen que me vino al verlo.

Y a lo mejor, por oír esa palabra, mi hermana reaccionó saliendo de su trance.

–Deprisa, Telmo, Telmito, deprisa –dijo encendiendo las velas de nuevo y espabilando a Telmo. Tenía tembleque en las manos. Agarraba el bumerán con tanta fuerza que los nudillos se le habían puesto blancos–. Son casi las doce, la hora en que las brujas y los brujos salen a malear. Hay que soplar las velas antes de las doce porque da mala suerte no hacerlo y porque además a las doce acaba el día de tu cumpleaños y empieza el día siguiente, que ya no es el día de tu cumpleaños. Sopla, bonito, sopla para que nos vayamos a casa; no te duermas, sopla, sopla ya.

Cuando volvió la luz y desapareció el hombre siniestro del panamá blanco, echamos a correr bajo la lluvia, que caía débil, hacia la Casa del Alto. Julia llevaba casi todo el rato a Telmo en brazos. Una vez dentro, atrancamos la puerta y cerramos las contraventanas. Quiso que nos acostáramos con ella. Durante toda la noche, en la cama, Julia no soltó ni un momento el bumerán.

Nuevos inquilinos

Así que los días siguientes nuestra vida volvió a dar otra vuelta, se transformó; es decir, se transformó aún más, por si no se había transformado ya suficiente con la ausencia de nuestros padres y todo eso. En la Casa del Alto de pronto no vivíamos solos, sino que además estaba el Miedo, que se había instalado junto a mi hermana como un visitante pesado y al que, de paso, soportábamos los demás. Y con el Miedo llegó otro nuevo inquilino:

–¡Silencio! –gritaba Julia si Telmo y yo corríamos por el pasillo o nos peleábamos o jugábamos a la guerra de Daniel y Catalina. Y entonces sabíamos que Silencio iba a venir e iba a quedarse con nosotros. Fuera la radio y la tele, la música, y con ella los bailes que Julia improvisaba cuando volvía a ser la Julia de antes y todo su empeño era distraernos y hacernos reír.

Y es que ella, en alerta permanente aunque tratara de disimularlo, necesitaba el silencio para escuchar hasta los ruidos más ligeros que sonaran fuera de la casa, por si alguno suponía una amenaza. ¿Se puede imaginar algo peor? Por mi parte, sí existía algo peor que el miedo y era no saber las causas que provocaban a Julia ese miedo, si bien podía suponer que tendrían mucho que ver con la aparición de Tinieblas la noche del quinto cumpleaños de mi hermano.

Pero ¿quién era Tinieblas? ¿Qué buscaba Tinieblas? ¿Por qué ella tenía miedo de Tinieblas?

Se lo pregunté. Todo eso y más, y cuando Julia se levantó de un salto espantada ante tal bombardeo de preguntas, la silla que ocupaba se volcó hacia atrás y el ruido que hizo al caer me pareció tan inmenso que la presencia del inquilino Silencio se hizo todavía más patente. Miró la silla como si se hubiera derrumbado el techo. Estaba pálida a pesar de su bronceado, parecía que el blanco de los ojos se le hubiera derramado por la cara. Empecé a pensar que ya no podría vivir en paz si alguien no me solucionaba las dudas.

Solo que ese «alguien» no iba a ser Julia.

–Lo peor que le puede pasar a una persona es tener aquello que otros desean con codicia. Tinieblas quiere algo que yo tengo y no va a parar hasta conseguirlo –explicó ante mi preguntona insistencia, lo cual no era mucho.

–¿Qué es? Dáselo y que nos deje tranquilos.

–Lo haría, Dani, pero no puedo; simplemente no puedo.

–¿Por qué? ¿Por qué no puedes?

–Porque lo que quiere de mí no es negociable y no está disponible.

–Pero ¿qué es? ¿Es suyo? ¿Tienes algo que le pertenece?

–Él cree que sí porque el instinto de poseer, cuando es muy fuerte, deforma la realidad y además hace ver diamantes donde solo hay vidrios.

¿Diamantes? ¿Vidrios? ¿De qué hablaba? La información se complicaba con cada respuesta. Quería enredarme en las marañas del lenguaje, tarea fácil para una cuentista de su talla, y yo solo tenía catorce ridículos, insignificantes, años. Nunca he sentido la prisa por crecer como en aquel verano en el que nada de lo que pasó merece ser olvidado.

De pequeño era muy aficionado a los puzles. Me encantaban. Los hacía a cualquier hora. Cuantas más piezas tuvieran, mejor. A menudo, Julia se sentaba conmigo y me ayudaba. Pues bien: si me hacía la ilusión de que la historia de mi hermana era un puzle, tal vez fuera capaz de montarla pieza a pieza.

Solo que Julia esta vez no iba a colaborar.

Entonces supe que tenía que aliarme con el enemigo. Y el enemigo era la Banda.

La prueba

No, en realidad yo no quería pertenecer a la Banda, yo no era como ellos, pero me obsesioné con pasar la estúpida prueba porque necesitaba ser del grupo para obtener información sobre las oscuras ocupaciones de mi hermana.

La prueba, por fin.

¿Qué es la vida, sino una sucesión de pruebas?, me decía filosofando mientras caminaba por la playa. Había quedado con los de la Banda en el búnker muy temprano para que no hubiera gente, y el calor era todavía soportable. Y gente no había, desde luego, a excepción de algún cabalgador de olas chiflado y de varios *hippies* dormidos sobre la arena. Era la mañana de la prueba, la mañana D.

¿Qué hay que hacer para tener éxito en la vida?, me seguía preguntando por llenarme la cabeza de pensamientos y quitarle sitio al miedo. Suponía que ir superando las pruebas, pero las únicas pruebas que había tenido que superar hasta entonces eran las pruebas de gimnasia o de matemáticas del colegio, pruebas con un manual de instrucciones. De la prueba que me exigiría la Banda, sin embargo, lo desconocía todo.

Estaba llegando a los acantilados. Frente a las rocas y casi en el agua, como una casa encantada, se levantaba el búnker en ruinas de alguna guerra ya librada y del que Julia, cuando se convertía en Mamelai, sabía más de una historia de fantasmas.

Me preguntaba también si uno puede superar todas las pruebas que le van apareciendo a lo largo de la vida y mi respuesta era no, a no ser que uno fuera, por ejemplo, un héroe del calibre del Coyote, razonaba sin perder la ocasión de ponderarlo. Era un personaje literario antiguo, y, según Julia, una copia del Zorro, de acuerdo, pero me había enganchado bastante.

Ahí estaban. Los veía desde lejos, con el apetito de una novedad que rompiera la monotonía de sus días uniformes. La Canuta mandando, en su línea, con las manos en los bolsillos, los hombros encorvados, la mirada de alimaña. La bicha. Podía planear tramas tan diabólicas como un capo de la Cosa Nostra, pero vestía pantalón vaquero con peto y camisa a cuadros que la hacían parecer un simple granjero de Montana o de Wisconsin.

–Lo primero, fuera las *arpargatas* –dijo la Canuta cuando nos juntamos. Me descalcé–. Fuera la ropa –me desvestí, llevaba el bañador bajo los pantalones–. Trae *p'acá* el reloj –se lo di–. Y ahora, a la Canuta se le antoja que caves.

–¿Que cave? ¿Aquí, en la arena? –dije yo.

–*Pos* si, en la arena, ya ves tú qué *casolidá.*

–Ja, ja –los gemelos se reían en bisílabos, poniendo la boca cuadrada.

–¿Cavar qué?

–¡Pero qué cachondo! Cava y no preguntes. ¡Cava!

Me arrodillé y empecé a cavar un hoyo a mano. Me dije: mal empezamos. Me habría conformado con una de esas palitas de plástico que vende el señor García en el quiosco que nunca cierra. ¡Cava!, gritaba la Canuta, y los otros repetían: ¡Cava, cava! La arena era cada vez más dura y estaba cada vez más prieta. Solo oía: ¡Cava! Qué esfuerzo. Me dolían los dedos, las uñas, me dolía el orgullo y el alma. ¡Cava! De pronto, empezó a rondarme una pregunta, y esa pregunta era si una persona debe soportar humillaciones cuando se trata de superar las pruebas de la vida o si, por el contrario, las pruebas pueden y deben ser afrontadas sin perder la dignidad.

–No cavo –dije levantándome–. No pienso sacar un grano más de arena sin saber qué estoy cavando.

El acné de la Canuta enrojeció de coraje, aunque ya era bien rojo de ordinario.

–¡Pero qué retranca *tié* el gachó! Tu tumba, so mierda, estás cavando tu tumba. Y la Canuta no miente, que te lo digan estos. Te vas a *jartá* a sacar arena si lo que quieres es pasar la prueba.

Apache añadió:

–Sí, porque eres un rato largo.

Agua tapá

Entonces, decidí seguir a pesar de la crueldad de la prueba porque, como ya he dicho, necesitaba saber algo sobre aquello que intuía que existía y que nos ocultaba mi hermana. Por eso volví a cavar. Y cuando cavé un hoyo tan profundo como para que yo entrara, paré.

–*P'adentro* –dijo la Canuta.

La marea estaba subiendo y el hoyo quedaba muy cerca de las olas, pronto sería agua *tapá,* en el sur lo llaman así, y al día siguiente no habría hoyo, estaría destruido por el agua como destruidos estaban los hoyos que fueron cavados por los bañistas de ayer.

Ahora bien, si uno es tan joven que casi no tiene experiencia en las pruebas de la vida, ¿puede fijarse en la experiencia de otros, aprender de la experiencia de otros?, me preguntaba ya dentro del hoyo mientras los de la Banda me iban enterrando. Si así fuera, me vendría bien todo lo que había oído y leído hasta entonces. Experiencia ajena de la que, bien mirado, me podía aprovechar; ser joven, pero comportarse como un viejo, esa era la sabiduría suprema según palabras del Coyote. Estaba realmente asustado y sabía que necesitaba encontrar soluciones prácticas con urgencia, pero también sabía que nadie consigue ser brillante en momentos de mucha tensión; por lo tanto, tenía que tranquilizarme y razonar.

Los de la Banda hacían subir a manotadas el nivel de arena dentro del hoyo con una rapidez vertiginosa. Durante la faena no paraban de reír, de soltar palabrotas; la arena ya me llegaba a la cintura, tenía la marea encima: piensa, Dani, piensa.

Y pensé en Colapesce, en la historia que Mamelai nos contaba sobre el siciliano que pasaba tanto rato bajo el agua, y pensé también en todo lo que leí sobre la apnea y el buceo a pulmón libre. A lo mejor había llegado el momento de convertirme en el Niño Pez que pretendía ser y para ello tenía que poner en práctica la técnica respiratoria ensayada de sobra en la bañera: primero, inspiración abdominal, coger aire hasta que la zona inferior de los pulmones esté completa, hasta que no quepa ni un átomo más; después, la inspiración torácica, y, por último, la clavicular. Tanto me llené de aire, tanto me hinché y tanto tiempo lo retuve mientras terminaban de enterrarme que, cuando lo expulsé, en el hoyo quedó sitio libre para poder moverme, aunque con mucho esfuerzo, y poder así liberar los brazos que eran imprescindibles para escapar de lo que la Canuta había llamado «mi tumba». Pero la marea avanzaba tan deprisa que las olas me cubrían ahora sí, ahora no; prolongadas inmersiones en agua *tapá* que yo aguantaba controlando la respiración y dominando o intentando dominar mis nervios tal y como había aprendido en los libros y tal y como había ensayado día tras día en la bañera.

Solo que los libros no me explicaron qué hacer cuando se tienen los ojos tan llenos de sal y de arena que no se soportan abiertos y entonces uno debe liberarse a ciegas perdiendo la orientación en un hoyo cada vez más sumergido bajo el agua, que era mi caso, por la simple razón de que los apneístas utilizan unos elementales aparatos de plástico que pueden encontrarse a docenas en el quiosco del señor García: gafas de agua mondas y lirondas, por mucho que los submarinistas se empeñen en utilizar la palabra rimbombante de «visor».

Y esa era mi angustiosa situación, con el agravante de que no sabía nadar y del miedo al agua que me dominaba. No lo pasé bien y recordarlo me da espanto. Pero no quiero hacerme la víctima ni dar pena. Logré salir del hoyo y aquí estoy; lo que no te mata te hace fuerte, creo que dijo alguien famoso o importante.

Cuando iba hacia el búnker para recuperar la ropa, las zapatillas y el reloj, yo ya no era el mismo de antes. Tenía en los ojos, destrozados por la arena, la señal de la locura, y caminaba a lo bravo con una intención de maldad, como el camorrista de las tabernas del pueblo. «Mi sangre es roja y hierve cuando le aplican fuego», recordaba haber leído en un Coyote. Los de la Banda me recibieron con aplausos y me golpearon con puñetazos de broma en el pecho y en los hombros mojados aún. La Canuta se me acercó lentamente. La Capona. Solo tenía que levantar un poco la cabeza para que los demás cerraran el pico.

–*Amos* que..., has *dao* una buena *metía* –me ofreció la mano y yo se la choqué–. Ahora, como caramelo de bienvenida, *pues* pedir un deseo; si no es algo imposible, se te concederá, es la ley de la Banda.

–¿Un deseo? ¿De qué tipo?

Llovieron las sugerencias: que entre todos me manteaban, o que me agenciaban unas Adidas de contrabando, o cigarros...

–¡*Callarsen*! –dijo la Canuta–. Que hable el Vasco.

–Quiero proponer un juego –dije tras pensármelo unos segundos– a la Canuta. Un juego de inteligencia.

–¿*Ein*? –dijo la Canuta.

–Hay que contestar a una pregunta muy fácil. Di si te atreves.

–¿De qué carajo habla el gachó?

–En realidad es una adivinanza.

–¿Y qué pasa si no la adivino?

–No pasa nada, te rindes y la contesto yo, es solo un juego.

–¡No *ve*! ¿Esa tontería de deseo quieres? Estás más bobo que *mandao* hacer, mira que pierdes tu oportunidad...

–¿Aceptas?

–Será cazurro... –dijo alguien.

–¿Aceptas, sí o no?

–A ti te *farta* un *hervó,* pero sea –dijo la Canuta.

Di una palmada muy fuerte chocando mis manos delante de la cara de la Canuta.

–Así suenan dos manos, ¿no? ¿Cómo suena una, igual de fuerte, sin tocarse con la otra?

–¿Una? –dijo la Canuta entrando en el engaño, y empezó a hacer pruebas agitando individualmente las manos, que permanecían mudas. Repitió–: ¿Una sola?

–Sí. ¿Te rindes?

–Me rindo, me rindo. Dilo tú si eres tan listo.

El sopapo que le propiné con la palma abierta en medio de la cara fue fenomenal. Se escuchó con claridad el sonido, idéntico al anterior, de la mano sola. La Canuta, recia como un monolito, se tambaleó. Nadie abrió la boca. Luego recogí mis cosas y me marché tranquilamente, porque ya era de la Banda.

Pareidolia

Pasaron varios días, los nuevos inquilinos no se iban y Julia no se movía de casa. Le había dado por leer. Leía a todas horas. Uno de los libros que recuerdo era *Pareidolia,* y no era una novela propiamente dicha, sino un cómic. Otro se titulaba *El hombre que confundió a su mujer con un sombrero.* Y había más.

Uno de esos días por la tarde, Julia hizo que nos fijáramos en una nube concreta y nos preguntó a Telmo y a mí qué veíamos en ella.

–¡Un elefante! –dijo Telmo.

Yo, en cambio, veía una locomotora echando humo por la chimenea.

Después, señaló un desconchado grande en la pared del porche.

–¿Y aquí qué veis?

Telmo veía un fantasma; yo veía una cara lánguida, un santo de iconografía antigua.

–Pareidolia –dijo–. Ver cosas reconocibles en las nubes, en manchas, en los posos de café, en los troncos de los árboles, donde sea, se llama pareidolia. Creo que es lo que le pasa a Tinieblas. Lo he descubierto gracias a Talú, que me ha aconsejado estos libros.

Lógicamente, nos quedamos mirándola como al bicho raro de la manada.

–La pareidolia es una forma equivocada y falsa de interpretar lo que se ve. Es una alteración psicológica. Tinieblas la padece, estoy segura.

Telmo no sabía qué era «alteración psicológica».

–¿Por eso ve su sombra diferente a como debería ser? –dije yo.

–Eso es. La pareidolia hace que su cerebro interprete mal las siluetas, las luces, las sombras. Y por lo que parece, Tinieblas la padece en grado alto.

La palabra *cerebro* me trajo al recuerdo Devoradores de Cerebro, de los que Julia nos había hablado; en mi vida he olvidado un cuento.

–Entonces ¿los Devoradores de Cerebro son los culpables de la pareidolia de Tinieblas? –pregunté.

Pero si yo no olvido un cuento, a ella, por lo visto, le pasaba lo contrario con facilidad.

–¿De qué hablas? –me dijo.

–¿Que de qué hablo? Del cuento de Tinieblas y de Zacarías. ¿No te acuerdas? Me apuesto lo que quieras que hasta Telmo podría contarlo si se lo pidieras. ¿A que sí?

–Pues claro que puedo. La sombra de Tinieblas era muy desobediente y Tinieblas se marchó lejos para buscar a los Devoradores de Cerebro y matarlos.

Julia achinó los ojos.

–¡Jolín! Cierto, no me acordaba que os lo había contado. No sé si hice bien, es una historia muy dura... Bueno, pues sí, los Devoradores de Cerebro son los causantes de la pareidolia de Tinieblas.

–¿Y qué pasó? –dijo Telmo.

Julia se sentó a lo indio y encendió un cigarro, como hacía siempre que se convertía en Mamelai, pero lo apagó sin consumirlo y se apretó la cabeza con las manos durante unos instantes.

–¿Te encuentras mal? –le pregunté.

Disimuló un gesto de dolor mientras decía que se encontraba mejor que nunca.

–¡Di! ¿Qué pasó? –insistió Telmo.

Mi hermana no estaba bien. De pronto parecía enferma. Y soy consciente del gran esfuerzo que hizo para fabularnos la segunda parte de la historia de Tinieblas.

Tinieblas
(segunda parte)

—Pues veréis: Tinieblas, como ya os dije, marchó en busca de los Devoradores de Cerebro. Él, su sombrero blanco y una pequeña maleta recorrieron los cinco continentes a lo largo y a lo ancho, con sus montañas y llanos, con sus desiertos y mares. En todas partes preguntaba por los Devoradores de Cerebro, pero nadie podía responderle nada. Tinieblas estaba desesperado. Pasado un tiempo, había desistido de encontrarlos y decidió regresar a la Casa del Alto a vivir escondido lo que le quedara de vida. Y, cierta noche, justo antes de regresar, coincidió en una taberna con un hombre que lo miraba fijamente. Era un hombre muy delgado, muy pálido, con el cabello muy blanco peinado hacia atrás y recogido en una pequeña cola de caballo. Estaba solo en una mesa y parecía muy tranquilo. De vez en cuando daba chupadas a la boquilla de un narguile. A prudente distancia se encontraban, de pie, sus tres fornidos guardaespaldas. Tinieblas pudo ver que el desconocido se levantaba y lentamente caminaba hacia su mesa.

»–¿Me permite? –dijo sentándose en la silla de enfrente. Y le soltó a bocajarro–: Me ha llegado información de que me busca.

»–¿Yo le busco a usted, que no lo he visto en mi vida? –se extrañó Tinieblas.

»–Tiene un problema, ¿no? O eso he oído. Puedo ayudarle a solucionarlo, soy neuropsicólogo y cirujano.

–¿Qué es *nucólogo* y *zujano*? –dijo, más o menos, Telmo.

–Un cirujano es un médico que opera y un neuropsicólogo es un médico que cura los pensamientos y la cabeza por dentro –aclaró Mamelai.

»El hombre se presentó como el doctor Magnus Azrael y contó que llevaba toda la vida investigando la mente y tratando a personas atacadas por los Devoradores de Cerebro. Tinieblas palideció al escuchar estas palabras y la gorda papada que le rebasaba el cuello de la camisa empezó a temblar descontrolada. El doctor Magnus Azrael disimuló una sonrisa.

»–Los Devoradores de Cerebro son unos seres diminutos que se instalan en el cerebro de ciertas personas –explicó– y poco a poco lo degeneran, lo destruyen. Una vez que se instalan ya no se van y, mientras lo destruyen, producen síntomas diversos. La deformidad de su sombra, que solo ve usted, es uno de ellos.

»–¿Que solo la veo yo? –gruñó Tinieblas–. ¡No me venga con cuentos!

»–Puede creerme o puede no creerme, como prefiera. Y yo puedo ayudarle o puedo no ayudarle, la elección es suya.

»–Pero ¿por qué me atacan? ¿Cómo han llegado a mi cabeza? ¿Cómo puedo librarme de ellos? –preguntó Tinieblas.

»–Todo a su tiempo, caballero –respondió el doctor Magnus Azrael–. Se han instalado en su cabeza por diversos motivos físicos o psíquicos que desconozco y que tendría que averiguar. Actualmente, la ciencia no puede librarle de ellos; yo sí. Pero lo primero que debo saber antes de llevar a cabo su curación es si dispone del dinero necesario.

»–Soy tan rico que me costaría gastar mi fortuna entera aunque quisiera.

»–Si dispone de tiempo...

»–Todo el que la vida me permita.

»–Y si dispone de valor.

»–¿Qué tipo de valor?

»–Valentía, coraje, lo que la palabra indica. ¿Es capaz de guardar un secreto?

»–¡Por supuesto!

»–Si se decide por la curación, entraría a formar parte de un pequeño grupo de afectados, un grupo muy exclusivo. Todos sus miembros son víctimas de su mismo mal aunque con síntomas diversos: visión equivocada, pérdida de memoria, de la facultad de hablar, alucinaciones... Yo lo llamo Grupo Experimental porque estoy ensayando con ellos una nueva técnica completamente revolucionaria en la que he puesto grandes esperanzas. ¿Estaría dispuesto a someterse a ella?

»–Si me asegura que es eficaz...

»–Acabo de decirle que es un experimento. Pero creo que no tiene muchas opciones. ¿Estaría dispuesto?

»–Si me asegura que no será doloroso...

»–Le acabo de preguntar si dispone de valor, ¿lo recuerda? Además, debe saber que se trata de un experimento secreto y, no voy a engañarle, al margen de la ley. Si entra en el Grupo Experimental ya no podrá abandonarlo. Vivo, me refiero; no podrá abandonarlo vivo. Y ahora le pregunto por última vez: ¿estaría dispuesto a someterse al tratamiento? Solo acepto un monosílabo por respuesta.

»Tinieblas no respondió.

»–De acuerdo –dijo el doctor Magnus Azrael poniéndose de pie–, ha sido un placer conocerle. Y ahora, si me disculpa...

»Entonces, Tinieblas levantó a su vez su enorme cuerpo y retuvo al doctor por un brazo. En menos de un segundo, los guardaespaldas se habían acercado y rodeaban a Tinieblas con mirada amenazante.

»–Haré lo que me mande, lo que sea, pero ayúdeme por favor, porque estoy a punto de volverme loco –suplicó Tinieblas sin soltar el brazo del doctor Magnus Azrael.

Telmo y yo nos habíamos agarrado cada uno a un brazo de nuestra hermana y apoyábamos la cabeza en su hombro mientras escuchábamos absortos el relato. Estábamos en el porche. Había caído la noche, soplaba una brisa agradable y el cielo resplandecía de estrellas. Era un momento perfecto. Pero ella interrumpió la narración y dijo que continuaría mañana. O pasado mañana. O nunca. Después se fue derecha a su habitación y se acostó.

El accidente

Los vi por primera vez la tarde que Telmo se resbaló en las escaleras del porche y se partió el labio de arriba, y entonces no imaginé que formarían parte esencial de los sucesos de aquel verano en el que nada de lo que pasó merece ser olvidado. Telmo no paraba de sangrar. Nunca lo había visto llorar de ese modo. Julia, que con el paso de los días había superado el miedo a la presencia de Tinieblas y volvía a salir muy a menudo, no estaba en casa, no cogía el teléfono, y yo no sabía qué hacer.

–¿*Poblemas*? –dijeron aquellos dos hombres acercándose. Como la casa no tenía valla, para cuando pude darme cuenta ya estaban dentro.

La pregunta en sí misma me pareció absurda. Si algo teníamos en ese momento, era un problema, se veía de lejos. Me cayeron tan mal que casi olvido que necesitábamos ayuda. Dije qué querían, quiénes eran: yo también sabía hacer preguntas.

–La ley, majo, somos la ley –contestó el más alto enseñando una chapa. Pero no tenían pinta de policías. O al menos de policías típicos, como los que estamos acostumbrados a ver. Para empezar, no llevaban uniforme. Me recordaron a esos *sheriffs* perdonavidas y poco listos que aparecen de vez en cuando en las películas.

Aquellos hombres vestían y se movían como hablaban: a lo fanfarrón. El alto era rubio, flaco y llevaba un bigote con forma de herradura de caballo. El otro parecía un culturista. Los dos usaban gafas de espejo.

–¿Un accidente casero? –dijo el rubio acercándose a Telmo y quitándose las gafas. Aunque no era muy mayor, estaba lleno de arrugas y tenía los ojos muy claros–. A ver, chaval, deja que le eche un vistazo a esa herida.

Al verse agarrado, y sin dejar de berrear, Telmo le soltó una patada en la espinilla. El rubio lanzó un juramento; el culturista, mientras, oteaba con curiosidad la laguna. Luego oí preguntar que dónde estaban nuestros padres y yo respondí que trabajando, sin saber exactamente si mentía o decía la verdad.

–Sí, eso, trabajando –dijo el rubio, como si supiera cosas que yo no sabía.

–¿Pueden llevarnos en su coche al hospital? –pedí. No sé por qué me salió el «usted», a lo mejor porque me impresionó lo de que eran policías.

Los dos hombres se miraron.

–¿Coche? Tiene gracia. ¿*Ande* ves tú un coche? –Y señaló una motocicleta roja aparcada junto al seto–. La crisis, majo –precisó–. Hasta en el cuartel hay recortes.

Montamos a Telmo en la motocicleta, sin casco, y como

ocupaba la plaza del culturista, él y yo bajaríamos al pueblo a pie. Al principio, Telmo no quería subir y el esfuerzo que tuve que hacer para convencerlo fue fenomenal. Por fin, accedió. Un rato antes le había puesto un pañuelo en la boca para frenar la hemorragia, pero ahora le pedí que se olvidara del pañuelo y que usara las manos para agarrarse al piloto, solo faltaba que se cayera de la moto en marcha. Quedamos todos en el Cuarto de Socorro.

Y cuando la moto arrancó y fueron desapareciendo camino abajo, empecé a agobiarme y a culparme por dejar a mi hermano con un desconocido del que no sabía ni el nombre: un posible secuestrador de niños que lo escondería en un zulo y le robaría los órganos más necesarios para comercializarlos después. Imágenes horrorosas de niños descuartizados se me pasaron por el pensamiento como dicen que pasa la vida entera en el instante mismo de morir. Pero ¿qué otra cosa podía haber hecho? Entonces odié a mis padres por su ausencia y odié a Julia por su ausencia aquella tarde también, y los odié a todos por obligarme a vivir una situación que no me correspondía. No sabía si el odio era más fuerte que el miedo o al contrario, así que eché a correr y dije al culturista que me adelantaba para no dejar a Telmo tanto rato solo.

–Hombre, solo, lo que se dice solo... –dijo el hombre–. ¿Qué pasa?, ¿que Gallito no es *naide*?

Gallito. En medio de la desconfianza, me pregunté qué clase de policía o de persona podía dejar que lo llamaran así.

El camino que baja al pueblo no es una carretera asfaltada, sino una pista de cascote apisonado llena de arena.

Brotan raíces de arbustos y yerbajos y matojos, una amenaza, pero corrí tanto que llegué al Cuarto de Socorro como si yo también hubiera ido en moto, aunque empapado en sudor, sin aliento y con varios arañazos en las piernas. Recordé decepcionado la bici de carreras que Julia me había prometido y que con toda probabilidad nunca llegaría a ver.

Pero la decepción, el miedo e incluso los malos pensamientos sobre Gallito se esfumaron en cuanto entré y vi allí a Julia, en la sala de espera, paseando nerviosa de una esquina a otra. Se devoraba las uñas. Sentí tanta alegría como hacía un momento odio. O más.

–Te he llamado mil veces... –le dije. Y me callé porque estaba a punto de llorar.

Ella lo sabía; me conoce más que nadie.

–Tranquilo, tranquilo, Dani, todo está bien, no pasa nada.

–¿Nada? ¿Qué le están haciendo?

–Unos puntos en el labio, poca cosa, quién no tiene alguna costurilla en el cuerpo. Todos nos hemos caído alguna vez. Mira.

Me enseñó un antiguo corte en una mano: dos puntos; una herida ya fosilizada en la rodilla: cuatro puntos. Pero no me enseñó el tatuaje que tenía detrás de la oreja izquierda bajo el cual quise adivinar, camuflada, una abultada cicatriz.

–¿Y Gallito?

–¿Gallito? –preguntó Julia. Al instante rectificó–. ¡Ah, Gallito! No sé cómo, pero me localizó y mandó a tus nuevos amigos a buscarme. ¿No los has visto fuera? Creo que te estaban esperando. Lo hicieron bien, buenos chavales, me gustan.

No miré hacia afuera, no salí a la calle aunque me sentía halagado. La verdad es que por pasar la prueba había conseguido (o eso creía al menos) hacerme respetar en cierto modo por la Banda.

–Qué tío, ese Gallito –seguía mi hermana–, conoce a toda la gente del pueblo y está al tanto de todo lo que pasa. Es como si tuviera radar. Eso sí: en cuanto aparecí, le di las gracias y le dije que se marchara. Pero escucha esto, Dani: si quieres que todo siga como hasta ahora, quiero decir, si quieres que las cosas no vayan a peor, procura no mezclarte con él ni con los tipos que andan con él.

–Te refieres a..., ¿la policía?

–Me refiero a los tipos que andan con él, sean o no policías.

Otro enigma. Yo ya no podía más.

–¿Por qué, por qué, por qué tengo que alejarme de ellos? –dije de carrerilla, como un crío–. Explícamelo. Explícamelo, por favor, porque, si no entiendo nada, no puedo hacer nada. Se han portado bien, han traído a Telmo al Cuarto de Socorro...

Julia me interrumpió con energía. Una vena en el cuello se le abultaba como una lombriz.

–¡Estaban merodeando! ¡En nuestra casa! ¡Eso no es legal! –Pero enseguida cambió de tono–. Olvídalo, Dani. Tienes razón, han hecho un buen trabajo. No sé qué habría sido de Telmo sin ellos.

Entonces, Telmo apareció de la mano de una enfermera y Julia corrió a cogerlo en brazos. Lo besó hasta marearlo.

Ya no lloraba. No quiso la piruleta de nube de azúcar que le había comprado en el quiosco del señor García aunque era el tipo de dulce que cualquier niño no rechazaría, pero, por lo visto, la boca le dolía mucho al masticar. De hecho, los días que siguieron al accidente apenas probó bocado.

De hecho, durante los días que siguieron al accidente Telmo se olvidó para siempre del chupete.

Un cuento francés

Cuando yo era más pequeño y aún vivíamos en el norte y Telmo ni siquiera había nacido y mis padres no pasaban una mala racha, Julia, que solo era Julia, contaba los cuentos siempre para mí. Eran cuentos famosos o cuentos inventados, según. Llovía a menudo en el norte y muchos días de fiesta ni salíamos de casa. Un día me contó el cuento del Pulgarcito francés (*Le petit Poucet,* decía poniendo la boca en forma de rosquilla), que nada tenía que ver con el Pulgarcito alemán, salvo en que en las dos historias el niño protagonista era del tamaño de un dedo pulgar.

El Pulgarcito francés (ya he dicho que jamás olvido un cuento) trataba de la suerte que corrieron siete hermanos abandonados en el bosque por sus padres, unos míseros leñadores que no tenían nada para darles de comer. Una noche en que Pulgarcito, que era el más pequeño, no dormía, oyó desde la cama que los padres hablaban de *cosas serias* (recuerdo hasta las palabras que empleaba Julia) y, muerto de curiosidad, se levantó con sigilo. Escondido bajo el taburete de su padre, escuchó que planeaban perderlos en el bosque a la mañana siguiente. Entonces, Pulgarcito madrugó más que nadie y recogió piedrecitas blancas del río para marcar el camino con ellas y así poder regresar a casa cuando se quedaran solos. Y lo mismo hizo otro día que también los llevaron al bosque para abandonarlos, pero, como no pudo preparar piedras, marcó el camino con las migas del pan del almuerzo, olvidando que el pan también es alimento para los pájaros.

Una cosa parecida me pasó a mí cierta noche que, como Pulgarcito, no podía dormir. Fue al poco de empezar a vivir en la Casa del Alto, con la familia completa y atacados por la nueva mala racha. Desde la cama me pareció notar que mis padres hablaban de *cosas serias* y también me levanté sin hacer ruido y bajé las escaleras descalzo y me quedé escuchando detrás de la puerta de la cocina. Era casi Navidad, me acuerdo bien porque estaba puesto el árbol.

Pronto supe que hablaban de Julia, de parranda aquella noche como tantas otras noches. Iban a enviarla al extranjero, algo oí sobre un viaje en barco, y Catalina no estaba nada convencida y lloraba. Aunque, bueno, lloraba por casi todo. Lloraba cuando Daniel faltaba de casa y a veces cuando llegaba. Lloraba cuando le hablaba en mal tono, pero también cuando no le hablaba. Lo de llorar tanto sería cosa de madres, pensaba yo entonces, porque la leñadora del Pulgarcito francés lloraba por sus hijos abandonados y hasta la mujer del ogro del bosque, que también era madre, lloraba compadecida de los siete hermanos cuando llegaron a su casa pidiendo cobijo.

–No podemos hacer eso con la niña, Daniel –decía Catalina suplicando.

–Claro que podemos, si lo sabré yo –Daniel no lloraba ni suplicaba jamás.

–Pero es un castigo terrible, terrible.

–No es para tanto. Más terrible es ella. Que no se hubiera portado tan mal. Es una inconsciente y siempre lo ha sido. El cambio le vendrá bien. Trabajar con una anciana y ser responsable de ella la educará, se dará cuenta de que la vida no es jauja. Y, además, ¿desde cuándo cuestionas mis decisiones para resolver problemas? Julia sabrá salir adelante, ya es mayor de edad.

Aquella noche no pegué ojo. Daba vueltas en la cama pensando cómo salvaría a mi hermana de un viaje que no parecía de placer y ser tan pequeño ante un problema tan grande me parecía un obstáculo insuperable. Pero, por la mañana, creía haber encontrado la manera.

–Toma, Julia –le dije después de vaciar mi hucha–, dinero para que vuelvas del viaje. Son las piedras blancas de Pulgarcito, me lo contaste hace mucho y todavía me acuerdo.

Eso hizo que Julia sonriera, aunque, por el tipo de sonrisa, pensé que se echaría a llorar de un momento a otro.

–Así que no lo has olvidado... El cuento, me refiero al cuento.

¿Qué pasó por su mente para que su cara y hasta su voz se transformaran? ¿Y a qué personaje del cuento me recordaba? ¿A la ogresa compasiva? ¿A la leñadora resignada? Yo la miraba con la mano de las monedas extendida y ella me acarició el pelo. De lo que me dijo a continuación poco o nada entendí en ese momento, pero pude memorizar sus palabras una a una.

–Mira, Dani: hay una parte del cuento que no te conté en su día. Es la parte final, la de la moraleja, este cuento tiene una moraleja. En verso, muy bonita –insistió en que se refería al Pulgarcito francés, por supuesto–. La moraleja viene a decir que hay hijos que no agradan a sus padres, aunque luego esos hijos salven de la ruina a la familia entera.

–¿Tú no les agradas? ¿No te quieren? –¿A las hijas del ogro? ¿Me recordaba a alguna de esas siete niñas desgraciadas?

–Me quieren, no es eso. Digamos que no me he portado como ellos esperaban y ahora me toca pagarlo. Es algo así como tener una deuda. Las deudas deben pagarse, pero para pagarlas hay que deshacerse de algo que irremediablemente se pierde. Por eso el viaje que voy a hacer es solo de ida, sin retorno. Por eso tus monedas no me sirven; no son piedrecitas para volver a casa, son migas de pan que desaparecerían del camino, comida para los pájaros...

–¿Dónde te llevan? No quiero que te vayas –la interrumpí. ¿Me recordaba tal vez al propio Pulgarcito?

Ella siguió como si no me oyera.

–Por eso, aunque en adelante veas una figura que te recuerde a la mía, no será Julia, porque la Julia que tú conoces no regresará jamás.

Y ahora, describiendo aquella escena, ¡eureka!, se me acaba de encender una luz. Ya sé a quién me recordaba Julia y no se trata de ninguno de los personajes: me recordaba al narrador francés que escribió el cuento hace montones de años y a todos los narradores franceses y no franceses que escribieron todos los cuentos que existen para explicar de forma bonita la vida cuando no es precisamente bonita. Porque una historia bien contada esconde la dura realidad bajo un disfraz de palabras como esos trajes de lunares con volantes esconden los defectos de las chicas feas del pueblo.

Pues sí, aunque entonces no me di cuenta, acababa de descubrir a Mamelai.

Esa conversación sucedió un domingo. El martes, Julia ya no durmió en casa. Pero tampoco durmió el miércoles, ni el jueves. Cuando pregunté por ella, Catalina dijo que estaba trabajando fuera. Y como quise saber si volvería pronto, mi madre contestó:

–Lo que haga tu hermana no es asunto nuestro, aunque nos duela. Ella ya es mayor y tiene su propia vida.

No me dejaron hacer más preguntas y en casa no se volvería a hablar del asunto. Faltaban cinco días para *las mejores navidades de nuestra vida.*

El aprendiz de Coyote

En la torre de la casa, entre toda la porquería antigua había aparecido un sombrero charro y una pistola oxidada, y disfrazado de esa guisa yo jugaba a ser el Coyote delante del espejo. «Todo California es cómplice suyo; pero él trabaja solo. Es un coyote solitario». ¡Bang!, disparaba haciendo el ruido con la boca. «Dicen que a todo aquel a quien ataca le deshace de un disparo la oreja izquierda». ¡Bang, bang! «Es un caballero andante que ha sustituido la espada por el revólver de seis tiros»... Bueno, podía recitar muchas frases enteras de memoria, pues las había leído mil veces y no entendía por qué el Coyote se había convertido en un héroe olvidado. A mí me fascinaba y sentía que eran muchos los beneficios obtenidos de su lectura, pero el mayor de todos por aquellos días fue, sin lugar a dudas, tratar de imitar sus actos, tratar de parecerme a él.

Supongo que hay momentos en la vida que uno debe tomar posiciones porque, de otro modo, vivir sería como ir a ver un partido de fútbol en vez de jugar en el campo. Preguntarme a todas horas por los secretos de Julia no iba a proporcionarme las respuestas, por lo que había decidido pasar a la acción y esperaba que las páginas del Coyote me inspiraran. Eso sí, no quería perder la cabeza como la perdió don Quijote por leer demasiadas novelas de caballerías. Y no es que yo haya leído el Quijote para ponerlo de ejemplo, pero ¿quién no conoce la historia? Bueno, el caso es que leía con interés sobre todo los párrafos en los que el pusilánime César de Echagüe se convertía en el aguerrido Coyote en defensa de la justicia, siempre para proteger al más débil. Solo que, ¿cómo hacer de caballero andante con el canijo pegado día y noche a la suela de mis zapatos?

Por medio de la Banda supe de una taberna en el puerto que abría toda la noche. Era una taberna de mala fama, varias veces estuvo precintada. Se llamaba o la llamaban Bar Buda, todo un antro donde cada noche corría el Soberano a dos euros el vaso y las partidas de póker se alargaban hasta el amanecer; eso decía Apache como si fuera un cliente asiduo, aunque se sospechaba que el asiduo era su padre. Apache decía que había personas que entraban con los bolsillos llenos de dinero y salían con ellos vacíos. Habló también de reyertas, de ajustes de cuentas y de suicidios. Se sabía que Julia se dejaba caer por allí con frecuencia porque la habían visto bailando entre la gente. Algunas veces desaparecía de repente del Bar Buda, y a dónde iba después era un misterio. Y precisamente en ese lugar desconocido al que acudía muchas noches pasaban cosas que nadie sabía o cosas que no se podían contar porque había alrededor de ellas un estrecho pacto de silencio.

Hasta ahí la información de Apache, que no me salió gratis (tuve que robarle un paquete de cigarros a mi hermana). Ahora había llegado mi turno: pensaba ir por la noche al Bar Buda y seguirla sin que me vieran cuando saliera, no se me ocurría una idea mejor. Era arriesgado, pero posible. A mi favor jugaba mi agilidad para rastrear, para esconderme, pues era tan flaco como el que más, a saber si por el hambre que pasaba. Una vez localizado el sitio misterioso, la investigación, al menos, tenía un punto de partida. En mis fantasías más audaces jugaba a imaginarme con el sombrero charro y la pistola oxidada irrumpiendo en el lugar, y acto seguido me carcajeaba de mí mismo. Era una risa nerviosa, desde luego. La verdad es que me aterraba mezclarme con el hampa. No, quizá yo no tenía mucho de Coyote.

El puerto queda alejado del pueblo y yo no lo conocía porque desde que llegamos al sur, y sobre todo desde que entró en nuestra casa la nueva mala racha, la palabra *puerto* era sinónimo de malo, de dañino, de insano, gracias a Catalina, que se encargaba de provocar la asociación léxica.

–El puerto, el puerto tiene la culpa, que lo envenena –decía refiriéndose a mi padre cuando faltaba de casa.

Infinidad de frases de ese tipo eran escupidas al aire por ella con los borbotones de voz que le permitían las lágrimas.

Y, si no conocía el lugar, ¿cómo orientarme? Tuve que volver a recurrir a Apache a sabiendas de que la nueva información tampoco me saldría gratis. Pero no le hablé de mis planes verdaderos; dije que necesitaba saber el lugar donde mi hermana pasaba tanto tiempo, por si volvía a ocurrir otro accidente y tenía que buscarla. Ni un detalle más. En el fondo, no confiaba en ningún miembro de la Banda.

–Por una de papas *aliñás,* te garabateo un plano –dijo Apache.

Nos acercamos al chiringuito de La Costera. Pedimos a Talú papel, boli, otro boli para que Telmo no molestara y las papas. Contaba con que Talú, a espaldas de su jefe, me fiaría las papas, porque ese día yo estaba tan arruinado como de costumbre.

–¡Ni tocarlas, enano! –advirtió Apache a mi hermano con el dedo tieso cuando las sirvieron.

Apache tenía la constitución ancha y compacta de un jefe indio. Le encantaba sacar bola, nadie tenía unos brazos como los suyos. Era fácil imaginarlo con el tocado de plumas y la mano levantada diciendo *jau,* o sobre un caballo negro con el rifle en ristre como habíamos visto tantas veces en las películas del Oeste. Pero ante las papas era simplemente un adolescente hambriento de cosas ricas, como tantos, como yo. Tenía tal ansia que casi se atraganta, pues comía y hablaba a un tiempo y se metía en la boca los picos a pares entre trago y trago a la Coca-Cola doble que pagaba él.

Apoyó el boli en un punto de la mesa.

–Esto es la playa, ¿vale? Echas a andar hacia poniente, *to* derecho, *to* derecho hasta el puerto. ¿Bien?

Acto seguido, dibujó en el papel un revoltijo de calles y les dio cierta perspectiva. Sombreaba los tejados y las aceras, no lo hacía mal. Era la zona indecente, dijo, la decente quedaba más allá. Sobre el papel cayeron lamparones de grasa que harían que no pudiera olvidarme de mi deuda.

–Aquí, la casa de la Fulanita, que es más puerca que las arañas; ¡ojo!, ni acercarse, que lo mismo salen ratas. Aquí la del Menganito, que es un *sieso manío*... Esto es el bar de las Lolas, ¿bien? Aquí la del Zutanito...

El Bar Buda estaba en una plaza. En la plaza había un mercado. El mercado llenaba la plaza de su olor característico, no tenía pérdida. Con esos datos creía poder convertirme, si no en el Coyote, al menos en un sucedáneo del Coyote.

–Lo reconocerás enseguida –dijo Apache–, en la fachada hay pintada una mujer barbuda. Bar-buda. –Hizo con los dedos índice y pulgar el gesto de remarcar el juego de palabras y luego se rio como si hubiera contado el mejor chiste de la semana.

Hay un pasaje en una de las novelas del Coyote especialmente llamativo: un hombre va a morir ahorcado en una plaza de San Francisco. Aunque tiene un largo historial delictivo, esta vez es inocente. Antes de que el *sheriff* ejecute la sentencia, el reo manda en voz alta un mensaje para el Coyote. No lo conoce y tampoco sabe dónde está, pero desea que demuestre públicamente su inocencia.

–Aquel de vosotros que conozca al Coyote, que le lleve mi mensaje. Adiós.

Es la última frase que pronuncia el reo.

Mientras momentos después un médico certifica su muerte, el *sheriff* se fija en un pequeño dardo con un papel atado, clavado en el madero del patíbulo. Nadie sabe cómo ha llegado allí.

Lo despliega. Hay una única palabra escrita: «ACEPTO».
Y debajo, este dibujo como firma:

Y del Coyote ni rastro. Aquellos días releí el pasaje varias veces. Me preguntaba si yo sería capaz de actuar con la centésima parte de discreción y limpieza. Cada vez estaba más convencido de que no tenía mucho de Coyote.

Misión secreta

Y, sin embargo, ahí estaba yo: a la entrada o a la salida, según se mire, de un callejón muy estrecho y muy sucio que daba al mercado, escondido entre un contenedor de cartones y una furgoneta de reparto roja y blanca que tenía el lateral pintado con las letras Pizza Pum. Desde mi escondite podía controlar la puerta del Bar Buda sin problema. La noche era tan oscura como mi ropa y me felicité por esa gran ocurrencia a la hora de vestirme y que me permitiría pasar desapercibido.

Pero alto, Dani, que te estás adelantando a los acontecimientos.

O quizá no. Total, para qué contar con detalle cómo conseguí enterarme con tiempo suficiente de que Julia saldría esa noche, cómo me las arreglé para escamotearle a Telmo su siesta con el fin de conseguir que durmiera por la noche como un tronco y la caminata de una hora por la arena dura y prieta de la playa. Estaba la marea baja, menos mal, lo sé porque asomaba la chimenea roñosa del viejo barco encallado. Pero llegué al puerto, busqué el bar con el plano de Apache en la mano y elegí ese lugar estratégico desde el que vigilaba.

Y ahora, me dije, a esperar, la paciencia es la espada y la armadura del sabio. Y no supe si ese pensamiento era mío o lo había leído en un Coyote.

Veinte, cuarenta minutos, una hora... pasaba el rato y Julia no salía. Se me dormían las piernas y tuve que cambiar varias veces de postura. Casi mejor, porque me estaba entrando un sueño insoportable. Media hora más. De acuerdo, nadie dijo que llevar a cabo una misión secreta fuera fácil. Las tres de la madrugada. Miraba el reloj cada cinco segundos, bostezaba, empezaba a notar frío y me acordé de mi sudadera Múnich, perdida por algún rincón desconocido de la casa. Así que tuve que recurrir a los cartones del contenedor, como había visto hacer a los vagabundos del pueblo. Sí, algunas noches de verano también refresca en el sur.

Qué aburrimiento. Qué sopor. Y qué interminables se hacían las horas ¿En qué podía pensar? Porque tenía que pensar en algo, en lo que fuera. Desde hacía un rato, el letrero de la furgoneta me estaba hipnotizando y no podía apartar la mirada de él. Pizza Pum, Pizza Pum, Pizza Pum, leía una y otra vez como si contara ovejas: Pizza Pum, Pizza Pum... ¿Cómo librarme de esas letras pegajosas? Acaso pensando en Maricarmen, una chica que se me había declarado, la primera... No, pensaría mejor en Talú, el amigo de las palabras. Talú coleccionaba palabras. Sabía palabras bonitas en cualquier idioma del mundo: *oblivion*, lapislázuli, *saudade*..., y yo apuntaba en un cuaderno las que me llamaban la atención, aunque no supiera su significado: arabesco, *panigiri, parapluie*... Pizza Pum, Pizza Pum..., Pizza... Pum...

Me despertó un murmullo de voces. Lo primero que vi nada más abrir los ojos fue un bosque de piernas junto a bolsas reciclables y carritos con ruedas. La mayoría de las piernas eran de señora y las había de varios grosores y tonos. Subí la mirada hacia las voces que también eran en su mayoría de señora. Había amanecido ya. Las voces me preguntaban cosas, querían saberlo todo: que qué hacía allí durmiendo en el suelo, que si me había caído o mareado, que si me pasaba algo. ¿Era un turista? ¿Tenía casa? ¿Tenía hambre? ¿Tenía padres? Pero eran preguntas inútiles porque las voces no dejaban espacio para las respuestas. Entonces empecé a tiritar, de frío o de otras causas que no eran el frío, y ya no pude articular palabra.

De pronto, escuché una voz conocida:

–Despejen, despejen, *irsen*... Me hago cargo del muchacho, soy la ley.

Y la voz tenía cara, la de Gallito, que se abría paso en el corro mostrando la chapa con la mano levantada. Da igual lo que dijera Julia cuando me previno contra él; nada más verlo me sentí como si hubiera aparecido un hada.

El corro se abrió, pero los murmullos no se apaciguaron.

–¿La ley? –se oyó por encima de las otras voces. Era una voz de hombre, muy ronca y desagradable.

Yo me puse en pie y mientras caminaba hacia Gallito me quedé mirando el Bar Buda, que ya había cerrado a cal y canto, pensando que como aprendiz de Coyote acababa de ganarme un merecido suspenso.

–Venga, chaval –me dijo–, reacciona. Nos vamos *pa* la casa.

–¡Basta de comedias, Gallito! ¡Esa placa es falsa, que lo sabemos *to*!

De nuevo, la voz ronca del mismo hombre, esta vez seguida de una estrepitosa carcajada. Pero Gallito me tiró del brazo, salimos del corro, arrancó la motocicleta, que estaba ahí mismo, me mandó que me subiera de paquete y nos marchamos calle abajo sin replicar, como si nada.

Cadena de fracasos

–¡A ver, chaval, no soy tu maldita madre, pero a mí me cuentas qué hacías durmiendo *tirao* en ese *merderío*!

Así empezó Gallito el interrogatorio, a gritos, porque el ruido de la moto y el ruido del viento impedían que nos oyéramos en condiciones.

–Esperaba a que mi hermana saliera del bar.

–¿Qué?

–¡¡Esperaba a que mi hermana saliera del bar!!

–¿De noche? Jolín con el mocoso. ¿Acaso no tienes padres? No te habrás *escapao* de tu casa...

No entendía por qué, pero volvía a tener la sensación de que Gallito sabía cosas de mi propia casa que yo no sabía, así que le dije que no, que no me había escapado, casi con la seguridad de que no lo escucharía.

–Tu hermana... la conozco, sí. ¿No es a la que le dicen la Shirley? –Eso era lo que en comunicación se llama, según el libro de Lenguaje de 3.º, una pregunta cerrada, así que ni respondí–. Pues has *esperao* por esperar, porque en el bar no estaba. Te lo digo yo, que me he *pasao* allí la noche entera de servicio.

Gallito llevaba puestas las gafas de espejo, pero a mí, con la cara al aire, el viento de la mañana me deshacía los ojos. Aunque creo que no era por el viento por lo que lloraba. Agarrado a la espalda de Gallito como un náufrago, no solo no me sentía Coyote, ni siquiera César de Echagüe, más bien me identificaba con esas inútiles damiselas que los héroes de novela tienen la misión de proteger. Y aunque Julia suele decir que los chicos también lloran y que no es malo que lo hagan, llorar era el último eslabón en mi cadena de fracasos de esa noche. Bueno, el anteúltimo: todavía me esperaba en casa la sorpresita final.

–Y digo yo: ¿*pa* qué están los teléfonos?

Razón no le faltaba, solo que, ¿cómo contar a Gallito lo de la misión secreta sin que dejara de serlo?

–Daba por seguro que estaría –me justifiqué–, suele ir bastante al Bar Buda.

La carretera iba pegada a la playa y de vez en cuando atravesaba caminos polvorientos y riachuelos casi secos. Un paisaje consumido, como mi ánimo.

–Suele ir bastante al Bar Buda y suele ir bastante a otros sitios que no son el Bar Buda.

Y, dicho esto, Gallito se calló, a lo mejor porque pensó que se había ido de la lengua. Pero le duró poco la discreción. En el fondo era un tipo charlatán, como la mayoría de los vecinos del pueblo.

–Hay un faro yendo *pa* levante, a sus pies hay una playa que le dicen Playa Chica. ¿Has oído hablar de ella? Una playa de *hippies*, de gente así, tú me entiendes. –No, no le entendía–. Por allí hay una cabaña y en la cabaña pasan cosas, se oyen cosas...

–¿Qué cabaña? ¿Qué cosas?

–Pero nadie ha *podío* demostrar o denunciar nada.

–¿Qué cosas? –insistí–. Cosas, a secas, no es nada.

–¡Para, para, *quillo*! ¿Quién es el poli? Las preguntas las hago yo.

Y me lanzó una buena provisión de ellas, todas relacionadas con la laguna: qué profundidad tenía, si el agua era potable, si sabía qué era aquello raro que flotaba en medio...

–Tendré que acercarme *pa* identificarlo; puro trámite.

Por fin llegamos a casa, y nada más parar me bajé de la moto como un rayo. Porque estaba harto de la conversación de Gallito. Porque estaba agobiado por Telmo. Y porque acababa de ver a Julia esperándome con la peor cara posible y chorreando agua. Telmo, a su lado, también estaba empapado.

Al acercarme, me soltó un tortazo. Era la primera vez que me pegaba. El pelo tan corto y mojado le daba un aspecto animalesco, y con el vestido pegado al cuerpo todavía parecía más delgada.

–Esto por dejar solo a tu hermano. Me lo he encontrado en la laguna, ¡dentro! ¿Se puede saber dónde estabas?

No tenía argumentos para mi defensa y me tragué el tortazo en el más humillante silencio. Gallito me apuntó con la patilla de sus gafas.

–Lo acabo de recoger en el puerto. A lo mejor alguien tiene que ocuparse más del chico.

–¿Perdón? –dijo Julia sin un solo gesto. Nunca se alteraba. O casi nunca–. Gracias por traer a mi hermano. Y ahora preferiría quedarme sola con ellos, tenemos cosas que hacer.

–Hombre, ya que he venido me permitirá *usté* que eche un vistazo.

–¿Un vistazo? ¿A dónde?

–Por ahí; simple reconocimiento del terreno.

–¿Y puedo saber quién lo manda?

–*Efetivamente*, señorita. Lo mando yo mismo, que soy la ley.

–La ley... –Mi hermana se rio con una risa perversa que luego se le congeló en los labios–. Largo. Fuera. Aquí nadie reconoce nada sin una orden de registro.

Miré a Gallito, miré a mi hermana; ellos se miraban enfrentados. La mirada de Julia parecía una superficie lisa, la de Gallito era afilada y azul. El furor contenido hacía que temblara su bigote en forma de herradura de caballo. Al final, Gallito dio media vuelta, agarró la moto y se marchó.

–Tendréis noticias mías –iba farfullando–. ¡Y no vendré solo! Hay mucho *pa* destapar, esto está lleno de ponzoña.

Y mientras pasaba todo eso, Telmo tiraba insistente de mi camiseta y me aseguraba que no hacía nada malo, que solo había querido mirar de cerca las ranas de la *pistina*.

De cómo funcionan los cuentos

–Nunca más te pegaré, Dani, te lo prometo, pero no vuelvas a marcharte cuando yo falte –dijo o pidió Julia. No me reñía–. Ha estado a punto de ocurrir una desgracia.

–¿A dónde vas todas las noches?

–Si algo le pasara a Telmo, no podría perdonármelo.

–¿A dónde? ¿A dónde? Tengo que saberlo.

–Te lo contaría si fueras capaz de entenderlo.

–Lo entenderé si me lo explicas.

–No es fácil si no conoces la historia desde el principio.

–Pues cuéntamela; necesito saberla para poder ayudarte.

–Eso te parece y no es así, no puedes ayudarme. Estás mejor sin saber nada, no eres más que un crío.

–Un crío que tiene oídos y escucha cosas raras. Playa Chica... una cabaña...

–No hagas caso, la gente exagera. La gente se aburre y habla.

–Dime, por favor, por favor, a dónde vas las noches que faltas de casa.

–Voy a trabajar, a ganarme la vida. ¿Quién te crees que paga todo? Lo que manda papá no es suficiente.

–¿A ganarte la vida a una cabaña? ¿Qué lugar es ese?

–Un lugar ni mejor ni peor que otro cualquiera.

–¿Y por qué de noche? De noche solo trabajan las...

–Calla, Dani, calla. No digas esas cosas delante de tu hermano. Camareras, panaderas, enfermeras... muchos trabajos se hacen en turno de noche, el mío es uno más.

Estábamos sentados en el terreno áspero que rodeaba la casa y que, se suponía, hacía las veces de jardín. Pero no había ni un árbol, ni flores, solo matojos y piedras y arena. Julia solía contar que la Casa del Alto se construyó sobre una duna y que bajo las piedras y el matorral había toneladas y toneladas de arena. Cuando pase el tiempo, la duna se habrá desplazado unos metros y la casa habrá cambiado de lugar. Un falso suelo, un falso jardín. Una piscina falsa.

Pero yo estaba ansioso de verdades.

–No soy eso que tú piensas, Dani, no lo soy, tienes que creerme.

–Pues tendrás que demostrármelo.

–En serio, nunca lo haría.

–Te creeré cuando sepa realmente lo que haces.

Sé que nací sietemesino y débil, y que me fortalecí, entre otras cosas, con el alimento de los cuentos que Julia, que me saca cinco años, me contaba desde la misma cuna. Al escuchar un cuento bonito, nuestro cuerpo produce endorfinas, que son las hormonas de la felicidad, y la felicidad es la mejor medicina y la más completa vitamina para todo, he crecido oyendo eso.

Pero yo ya no necesitaba cuentos, sino realidades.

Una película americana

—Hay una película preciosa que cuenta una historia preciosa sobre la amistad. Es americana, *The Deer Hunter* –empezó Mamelai pronunciando *the deer hunter* como si masticara chicle. Telmo jugaba apartado, no podía oírnos–, maravillosa, de verdad, la veremos juntos cuando seas un poco más mayor. En versión original, por supuesto, nada de doblajes. El protagonista es un hombre sencillo llamado Mike –utilizaba los verbos en presente, y todo parecía verosímil y cercano–. Mike es un cazador de ciervos que ama su bonita Pensilvania de lagos y montañas y bosques verdes de abetos, y ama su vida tranquila en un pueblo industrial que no tiene nada de bonito, aunque lo ama también. Pero también ama a su país y decide alistarse en el ejército para luchar en la guerra de Vietnam junto a sus amigos Steven y Nick.

»Mike y Nick están enamorados de la misma chica, Linda, pero ella, que es amiga de ambos, prefiere a Nick, y dos días antes de partir para Vietnam, en la boda de Steven, se comprometen. La boda acaba a altas horas de la noche. Mike ha bebido más de la cuenta y se desnuda y echa a correr por las calles heladas del pueblo. Nick lo sigue, le grita que se detenga y cuando por fin Mike se tira al suelo sobre el asfalto mojado y sucio, lo tapa con su elegante americana de ceremonia.

»–Debo de haber perdido la cabeza –dice Mike arrastrando las palabras.

»Están sentados en el suelo, apoyados en un poste de básquet roñoso, espalda con espalda. Mike repite:

»–Debo de haberla perdido.

»Puede parecer que Mike se está refiriendo a la locura de correr desnudo en la noche gélida, pero no es así: Mike en realidad le está confiando a Nick con esa frase sus dudas ante la decisión que tomó de alistarse.

»–Eh, Nick –le pregunta–, ¿tú crees que volveremos de Vietnam?

»Nick lo piensa unos instantes. De pronto, no soporta la idea de no volver a casa, de no volver a ver a Linda.

»–¿Sabes una cosa? –le dice–. Todo cuanto tengo está aquí, quiero a este condenado lugar. Si algo me ocurriera, Mike, si algo me ocurriera, haz lo que sea, pero no me dejes ahí, ¡no me dejes ahí!, tienes que prometérmelo.

»–Mmm... eh... –asiente Mike, con la voz típica de los borrachos.

»–¡No! No, por favor... tienes que prometérmelo en firme.

»Entonces, Mike vuelve la espalda y la cabeza, y, en medio de la oscuridad de la noche y de la oscuridad de su cerebro, mira a su amigo directamente a los ojos.

»–Nicky, cuenta con ello.

¡Qué manera de narrar! Se me pusieron los pelos de punta imaginando la escena. Mamelai prosiguió:

–¿Has oído hablar de la ruleta rusa, Dani?

Sí, sabía de qué iba. Sabía que es un juego de apuestas ilegal. Que se carga el tambor de un revólver de cinco o seis tiros con una única bala y que los jugadores se disparan por turno en la sien. Una y otra vez. Sabía que los que por azar no mueren ganan muchísimo dinero.

–En Vietnam –siguió Mamelai–, Mike, Nick y Steven caen prisioneros, y el enemigo, de una crueldad sin límites, los obliga a jugar a la ruleta rusa. Esta experiencia y la guerra en sí destruyen la vida de los tres amigos, pero sobre todo la de Nick, y ya no le quedará voluntad para salir de la influencia de la ruleta rusa cuando acaba la guerra, ni tampoco para salir de Vietnam.

–¿Quieres decir que no vuelve a Pensilvania, ni vuelve con Linda?

–Eso es. Se queda atrapado en el juego y en todo lo que rodea al juego.

–Pero Mike le prometió que nunca lo abandonaría...

–Y no lo abandona, ya te he dicho que es una preciosa historia de amistad. –La voz de mi hermana de pronto sonaba diferente. Como si tuviera ganas de terminar. Como si contar esa historia le estuviera costando un esfuerzo muy grande–. Pero tú, señorito curioso, quieres saber qué hay de cierto en los rumores que te llegan, quieres saber qué hago por las noches en la dichosa cabaña de Playa Chica. Pues bien: hago algo parecido al juego de la ruleta rusa.

Lo soltó así, lo juro, con la misma tranquilidad con que había contado la historia de esos tres amigos inventados para el cine. Me llevé las manos a la boca. Tenía un arañazo recién hecho y noté el sabor metálico de la sangre.

–No te creo...

–No te asustes ni me montes una escena. Querías realidades, ¿no?

–Pero ¿por qué?

–Juego por lo mismo que juega todo el mundo: por dinero.

–¿Qué te va a pasar? ¿Qué vamos a hacer si...?

Julia me dio un manotazo, retirándome la mano de la boca mientras gritaba: ¡para! El arañazo se había hecho grande y profundo por la roedura de mis dientes.

–Pero tranquilo, Julia no va a morir en ese juego de ruleta rusa, no puede morir. Entre otras cosas, porque Julia ya está muerta.

De metáforas y fábulas

A propósito de películas, si me pidieran un título para una película que tratara sobre el comportamiento que tuvo Julia a lo largo de ese día, hoy, con las palabras que sé, diría: expiación.

Si vas al diccionario, *expiación* quiere decir: 'pago o reparación de las culpas mediante la realización de un sacrificio'. Y es que una vez que se marchó Gallito, agobiada al parecer por el sentimiento de culpa, Julia empezó a hacer montones de pequeños sacrificios poco habituales, desde no meterse en la cama (aunque estaba sin dormir) y contarme la película americana hasta la preparación de una comida decente, pasando por llevarse a Telmo a la playa o por el detalle del dinerillo extra que me regaló. Para tus cosas, fue como si dijera aunque no dijo nada; y como después de mi cadena de fracasos yo ya había admitido que no era un tío intachable, acepté sin rechistar aquel dinero conseguido por ella de manera indigna.

Me fui dando un paseo yo solo hasta el chiringuito, disfrutando de mi libertad, porque gracias a la expiación de mi hermana pagaría la deuda de las papas. Talú estaba a punto de salir. Le faltó tiempo para preguntarme si sabía por casualidad dónde y con quién estaba Julia. Claro que lo sabía, estaba en la playa con Telmo, y Talú dijo:

–¿En el búnker? Pues voy para allá.

Me sumé con la excusa de que buscaba a la Banda. Cogió el macuto y nos fuimos.

Me gustaba bastante estar con Talú, aunque intuía que él prefería charlar con Julia, y pensé que era una lata competir con mi hermana por la compañía de Talú, sobre todo porque siempre saldría derrotado en la batalla. Durante el trayecto hablamos de cosas diversas y yo le pregunté si había visto *The Deer Hunter.*

–Sí –respondió–, varias veces. Es una película antigua, se rodó antes de que yo naciera.

La elogió. Dijo que era una buena película americana, aunque opinaba que quizá yo era un poco joven todavía para comprenderla.

–No, no la he visto, me la ha contado Julia.

–Eso ya me parece más lógico.

–Bueno, Mamelai. Cuando cuenta historias se hace llamar Mamelai.

–Mamelai... Tiene gracia.

–¿Por qué?

–Hasta donde yo sé, Mamelai fue una fabuladora africana.

–¿Qué quiere decir fabuladora?

–Narradora de fábulas, cuentista. Tu hermana es una fabuladora de primera. Y, además, lo hace muy bien.

–¿Y mercenaria? ¿Qué significa? Ella dice que es una cuentista mercenaria.

–Los mercenarios son soldados que luchan por dinero, les da igual el color de la bandera que defiendan. Por eso la palabra mercenario también sirve para nombrar todo aquello que se hace con el fin de obtener un beneficio. La Mamelai africana era en cierto modo mercenaria porque no narraba desinteresadamente, sino que lo hacía a cambio de algo. Una de las características principales de las fábulas es que todas encierran una enseñanza, un mensaje. Las enseñanzas se cobran, por qué no. Tu hermana, como cualquier fabuladora, lanza mensajes por medio de sus fábulas.

–Mensajes cifrados que muchas veces no consigo descifrar.

Talú puso cara de extrañeza.

–¿A qué te refieres?

–Pues a que no siempre capto lo que quiere decirme con sus historias y eso es porque Julia cuenta las cosas en morse.

–¿En morse? Raya, punto, punto, raya... –Se empezó a reír–. Pero ¿qué dices? Las fábulas son pura metáfora. Y las metáforas solo son artimañas del lenguaje. Nosotros, como observadores, como escuchadores, debemos ser más astutos que ellas.

–Entonces, explícame qué otra cosa significa *estar muerto* aparte de estar muerto. Porque Julia dice que está muerta.

Talú se concentró unos segundos.

–No sé si podré ayudarte, el significado de las palabras depende del contexto, de la situación en la que se dicen. Para entender esa metáfora necesitaría saber ciertas cosas de Julia que seguramente no sé.

Me quedé callado. Volvía a presentárseme el dilema habitual que consistía en una cuestión muy sencillita: ¿debía sincerarme con Talú? Porque hablar suponía tirar del hilo de un ovillo bastante enredado. Porque imaginaba ese hilo larguísimo y penosísimo. Y porque Talú, por muy bien que me cayera, era al fin otro desconocido más.

Pero un desconocido que entendía mucho de metáforas. Así que lo solté todo, o casi todo. Lo de la ausencia de Julia justo antes de la Navidad y lo distinta que volvió, como si fuera otra persona. Lo de los tratos con la tía Paca, una mujer tan poco recomendable. Lo de que Tinieblas la perseguía o la buscaba. Lo de las noches fuera de casa. Lo de la ruleta rusa.

–Si Julia me ha contado esa película y no otra para decirme algo, quiero saber qué es ese algo. Tampoco ahora respondió enseguida. Las cejas se le arrugaron, meditaba. Pero caminaba con rapidez, como impaciente por llegar al búnker, como impaciente por ver a Julia. Cuando al rato habló, dijo que podía ver a los protagonistas como una representación nuestra. Tres amigos, tres hermanos. Mike protector, siempre preocupado por los otros, siempre dispuesto a ayudar, aunque a veces no lo consiguiera; ese podía ser yo. Steven era Telmo: indefenso, necesitado de apoyo constante...

–Y a Nick lo han maltratado tanto en la guerra que sufre una gran transformación y nunca vuelve a ser el mismo. Como Julia, supongo, si es que la maltrataron durante el tiempo que desapareció –terminó Talú con prudencia.

Me quedé de una pieza.

–¿Por eso juega a la ruleta rusa? –hablaba de Nick, aunque pensaba en Julia.

–Sí, está trastornado, es otra persona. Pero también lo hace por dinero.

Entonces pregunté si Nick moría jugando a la ruleta rusa o si se salvaba, y, como veía tan clara la equivalencia del personaje con mi hermana, reconozco que me daba pánico la respuesta.

Habíamos llegado al búnker y Julia se bañaba con Telmo entre las rocas. Chapoteaba, buscaba lapas, hacía tonterías. Era la Julia de antes. O parecía. Repetí la pregunta:

–Di, ¿muere o no muere?

Talú se quitó la camiseta y cogió la Nikon del macuto. Me ignoraba. Tenía los cinco sentidos puestos en Julia.

–Di, Talú, ¿muere o no muere? –y le tiré del brazo.

Entonces, se volvió lentamente. Tal y como estaba, con el pelo revuelto, sin camiseta, parecía un actor de cine. Intenté no desviar la mirada de sus ojos.

–¿Sabes? –dijo–. Siempre me ha reventado que me cuenten el final de una película. En serio, me da igual que piense verla o que sepa que no la veré jamás. Y lo mismo me pasa con los libros. Si decido que me interesa un final, quiero descubrirlo yo. Y te diré más: tampoco quiero conocer antes de tiempo el final de las diversas historias que vamos viviendo. Si estoy en este pueblo tan lejos de mi casa, es porque me contaron el final de la historia que estaba viviendo entonces y, bueno, decidí que prefería cambiar de historia.

–Eso es imposible, nadie conoce el futuro.

–A veces sí. Las historias de la vida son como las películas: algunas te sorprenden, no imaginas su final, pero otras son muy previsibles. Yo hui de una de esas historias previsibles.

De nuevo, las metáforas, las palabras inconcretas.

Solo que yo las necesitaba concretas.

–Di de una vez, ¿muere o no muere?

–Te lo he contado ya, y eso que aborrezco contar los finales casi tanto como escucharlos, tienes que aprender a mirar más allá de las palabras. Pero te lo repetiré: Nick ya no es Nick, es otra persona; el auténtico Nick, el que ama Pensilvania, el que quiere volver junto a Linda desde antes que acabe la guerra, en realidad ya está muerto.

Y añadió que era su última palabra sobre el tema.

No insistí, no soy un pelmazo. Lo vi correr con su Nikon hacia las rocas, y, si él seguía pareciéndome un actor, Julia posaba como una verdadera *starlette*, aunque con niño. Una bonita escena, admití, una bonita pareja y un bonito día el de la expiación de mi hermana. Pero que nadie se confíe: durante aquel verano no se repitió jamás.

Llega una carta

Los de la Banda empezaron a meterse con mis padres. Decían que estábamos solos, que nos habían abandonado.

–¿O es que la han *diñao*? –preguntaron.

–Son reporteros y están por ahí, haciendo fotos.

–¿Qué sitio es ese de «por ahí»? Por ahí es *mu* grande.

–Lejos, en la guerra.

–Vaya *chuminá*. Guerras hay por todo el mundo.

Lo que más me fastidiaba era que dijeran lo de que estaban muertos delante de Telmo, me agobiaba que le quedara un trauma. Pero me engañaba, el afectado era yo. Cada vez más a menudo los imaginaba desaparecidos o prisioneros. O destrozados por la metralla de una bomba y enterrados en una fosa común entre cadáveres escondidos o que nadie había reclamado.

Y precisamente por esos días recibimos una carta de Catalina, la primera, escrita en nombre de los dos. La letra era grande y clara. Ocupaba una hoja de cuaderno por una sola cara. Julia nos la leyó en voz alta. Andaban de aquí para allá, ponía en la carta, haciendo muchas cosas importantes, ayudando a las personas. Vivían en lugares remotos que no salían ni en el mapa, a veces tan lejos como uno es capaz de llegar sin dar la vuelta a la Tierra. No llamaban por teléfono porque en los lugares remotos no había cobertura. Nos echaban de menos. A mí me pedían que fuera bueno y que ayudara a Julia a cuidar de Telmo. Confiaban en que ya se habría dejado de mear. Nos mandaban muchos besos, pero no decían cuándo volverían a casa.

La carta me levantó la moral como cuando sacaba un aprobado en Geografía e Historia. Era la evidencia que necesitaba para no quedar como un mentiroso o, peor aún, como un completo inocente. Pensaba llevarla esa misma tarde a la playa para enseñarla muy ufano a los de la Banda, y me enfadé bastante cuando, al pedírsela a Julia, me lo prohibió tajantemente. Según ella, la carta era nuestra intimidad y la intimidad de cada familia es solo de cada familia.

Y dijo:

–En serio, ¿tanto te afectan las habladurías? ¡Pues estamos apañados! Hay que aprender a cerrar los oídos. Y los ojos también. Muchas veces.

Así que tendría que tomar prestada la carta sin su permiso, ella lo había querido.

No me costó nada encontrarla, estaba sobre su mesita de noche y Julia aquella tarde volvía a estar de parranda. La cogí y me la metí al bolsillo. No había peligro, la devolvería antes de que ella regresara. Como Telmo se fijaba en todo, le advertí con amenazas que delante de Julia tuviera la boca cerrada.

Al atravesar el porche, me pareció que la verbena tenía capullos. Muy pequeños, ni siquiera se adivinaba el color de las futuras flores, pero eran capullos, estaba seguro. Dije a Telmo:

–Quizá papá y mamá vuelvan pronto.

–¿Cuándo es pronto? –dijo Telmo.

–Pronto es pronto –dije yo.

Telmo puso los brazos tiesos sobre su cabeza.

–¿Cuando las agujas del reloj se pongan así?

Recorrimos el camino hasta el búnker peleando con el eterno viento. ¿Cómo se formaba? ¿Qué lo producía? ¿Dónde estaba la fábrica de viento? Lo odiábamos porque nos obligaba a apretar los ojos, a masticar arena. También los pescadores odiaban el viento, los turistas odiaban el viento, solo los surfistas celebraban un día de viento. Telmo y yo nos quedamos un rato en la orilla viéndolos cabalgar sobre las olas. «¡Mía! ¡Buena! ¡Dale!», gritaban llenos de euforia. Si no fuera por mi miedo al agua, creo que yo también lo probaría. Porque veía el surf como una especie de montaña rusa, que me encantaba. Pensé: subes, ya estás arriba, vuelas, vuelas, tocas el cielo...

Pero, al final, siempre llega la caída.

Como pasa con las ilusiones o con los sueños.

Luego me sentí un tanto pedante por pensar en cosas tan profundas. La verdad es que empezaba a estar contaminado de metáforas.

Los de la Banda iban apareciendo por tandas, pero yo no saqué la carta hasta que no llegó la Canuta. La mandona. Verla llegar y saber que impondría su ley era todo uno. Nada más enseñarla, me la arrancó de las manos.

–Trae eso *p'acá.*

–Ten cuidado no se vuele –avisé–, y no se te ocurra leerla.

–¿Y cómo sabemos entonces que viene de tus viejos?

–Podéis mirar la fecha y la firma. Lo demás es nuestra intimidad.

Pero miraron también el sobre y repararon en algo que yo no había reparado.

–Conque lejos... ¿No has *mirao* el matasellos? Esto está ahí mismo.

–¿Dónde? –pregunté.

La Canuta me dio un manotazo en la nuca y me señaló el mar.

–Mira *p'al* fondo, *pringao*: África, Marruecos. Según el matasellos la carta viene de Marruecos.

Sí, tenía razón. Detrás de las olas y de los surfistas, detrás de las boyas y de los barcos se veía el norte de Marruecos, pálido entre la bruma que era como un cristal empañado. Un norte tan pegado a nuestro sur que parecía imposible que estuvieran en continentes distintos.

Zetazeta reconoció la ciudad del matasellos.

–Tengo familia allí, he *estao* hace poco. Y te aseguro que no hay guerra.

Los comentarios y las risotadas no se hicieron esperar. Vaya fracaso. Y aunque la desilusión era grande, mayor aún era mi malestar por sentir más vergüenza que alegría ante la supuesta cercanía de mis padres.

La carta pasaba de unos a otros. Apache metió una piedra al sobre cuando la tuvo en sus manos y echó a correr hacia las rocas.

–Quítamela si puedes –me retó. Y supe que quería hacer alguna cosa diferente, de esas que no se hacen todos los días.

–¡Alto, alto! –grité–. ¡Devuélveme la carta! Hablo en serio.

Empezaron a lanzársela unos a otros como si fuera un balón de reglamento. Telmo, que no captaba la gravedad del asunto, se ponía en medio y quería jugar a eso él también.

–¡Bruno! –gritaba Apache para que la cogiera el Bruno.

–¡Benito! –Y la cogía el Benito.

–¡Casimiro!

–¡Canuta!

Y claro, la piedra se salió del sobre y la carta empezó a volar igual que si tuviera alas. Empezó a volar por encima de las olas y tomó velocidad y se alejó. Si se cayera al agua, a ver quién era el hábil que la rescataba. Mientras la perdía de vista, yo casi lloraba e imaginaba qué mentira inventaría para justificar su desaparición ante mi hermana.

Y entonces pasó algo que parecía imposible. Una chica con un bikini rojo salió del agua y se acercó a nosotros. Llevaba la carta en la mano, seca o casi seca, como si la hubiera cogido al vuelo. No me costó reconocer a Maricarmen.

–¿Es vuestro este papel? –dijo sacudiendo la carta. Había dicho «vuestro», aunque me miraba a mí.

Más tarde pensaría en la casualidad como algo que existe, o en el porcentaje de cosas perdidas en el mar y después recuperadas que, según los que hacen las estadísticas, es mayor que las posibilidades de ganar el cupón o las quinielas, pero en ese momento me quedé como si estuviera viendo visiones.

–¡Dámela! –pedí no muy amable. No se la quise arrebatar por si se rompía.

Maricarmen era la chica más guapa de todas las que solían andar con la Banda. Tenía quince años, aunque aparentaba dieciséis. Días antes me había confesado que yo le gustaba para ser su novio y en ese momento no supe qué decir ni qué cara poner. Por supuesto, era un secreto, recalcó. Solo lo sabía la Dolo, su mejor amiga. Pero parece ser que la Dolo se lo contó a Rocío, Rocío a Lucía, Lucía a su hermano Zetazeta y Zetazeta al resto de la Banda.

Y ahí estaba yo, delante de Maricarmen que seguía sacudiendo la carta y me sonreía. No tuve tiempo de agarrarla, una mano espabilada se me adelantó.

–¡Eh, tíos, esperad! Se me está ocurriendo algo...

Había hablado la Canuta. Todos nos quedamos en silencio.

–Vasco –anunció–: si quieres volver a ver la carta, tendrás que besar a tu novia. Delante de todos. En cuantito que la beses la carta es tuya.

–Maricarmen no es mi novia –dije yo.

–Será *atontao*... –oí a mis espaldas–, cuántos quisieran.

Decidí no hacerme de rogar.

–De acuerdo. Un beso –Le di un beso en la cara, aunque ella me ofreció la boca. Luego me dirigí a la Canuta y extendí la mano–. Venga, la carta; este juego no me gusta.

–No te hagas el gracioso; un beso de los de verdad. Eso no es beso ni es *na*.

Miré a Maricarmen, que no parecía incómoda. Miré a la Canuta que, con los brazos cruzados y las piernas separadas, recordaba a un matón de discoteca.

–¿Quién lo manda? –dije yo.

–*Pos* quién lo va a mandar. La Canuta, que soy yo –dijo la Canuta fanfarrona.

–¿Y si Maricarmen no quiere?

–Sí que quiero –dijo ella.

–¿Y si me niego?

La Canuta empezó a romper la carta.

–Yo no lo haría.

–¡Para, para! –grité.

No había tiempo que perder. Me incliné hacia Maricarmen que esperaba con cara de beso. Sí, se puede poner esa cara, te lo aseguro. Nunca había besado a Maricarmen (ni a nadie) y, lo que es peor, no la quería besar. Pero más grave todavía era no poder disimularlo. Me detuve a un centímetro de su cara. Olía a sal, a agua, a arena. Hombre, desagradable no era. Allá voy, me dije para tomar impulso, solo que yo no tenía la más mínima cara de beso.

Pero entonces Maricarmen hizo algo que nos sorprendió a todos: me empujó y se quitó de mi vista diciendo que me comiera el beso hasta que me indigestara y que a ella nadie la humillaba así.

–Por mí, podéis devolverle la carta. O la podéis quemar, allá vosotros. ¡Que se muera!

Y volvió al agua. Y nadó hacia altamar como una auténtica sirena.

Todos me abuchearon. Otro fracaso. Habría querido transformarme en arena, desaparecer, tener la capa del hombre invisible, pero nada de eso era posible, así que cogí a Telmo de la mano y nos marchamos. No me despedí de nadie. Mientras me alejaba, oía los insultos de los otros:

tonto *perdío*, cobarde, que no me gustaban las chicas... Nunca sería aceptado plenamente por la Banda, tenía que vivir con ello. Menos mal que, por lo menos, la carta volvía a estar en mi poder, arrugada y un poco rota y con la tinta corrida. Sería fácil explicárselo a Julia. Que la había estado leyendo en la bañera, por ejemplo, y se había humedecido un poco, o fuera, en el jardín, cualquier cosa. Aunque tenía que contar con el apoyo de Telmo.

–A ver Telmo: si Julia pregunta qué hemos hecho esta tarde, ¿qué le dirás?

–Jugar.

–Jugar. Bien. ¿Dónde?

–En la playa, con tus amigos.

–¡No! ¡No! No hemos estado en la playa. Hemos jugado en casa ¿entiendes? En ca-sa, y no hemos visto a mis amigos. Si dices otra cosa, te machaco.

–Vaaale... En casa.

Otra tarde más solos los dos en la Casa del Alto: Telmo viendo la televisión o jugando con sus coches tirado en el suelo del porche, yo vigilándolo con mis Coyotes preferidos en la mano.

No, no era una alucinación, la maceta de verbena tenía capullos.

La fabuladora

La noticia me quemaba. A la mañana siguiente se la solté a Julia en cuanto se levantó: que Daniel y Catalina no estaban tan lejos. Que no había ninguna guerra. Que lo que ponía en la carta era falso, todo, desde la primera frase a la última. Admito que mi tono no fue muy optimista, pero tampoco el suyo: nada más decirlo, noté que ya lo sabía.

–¿Cómo te has enterado, sabiondo? –preguntó.

No te asustes: tenía preparada la respuesta.

–Tú te crees que soy idiota, que soy un crío idiota que no se entera de nada, pero no lo soy. Miré el matasellos de la carta y lo vi. Aprendí a leer hace años, ¿recuerdas?

–¿Y entendiste una sola palabra de lo que pone, listillo?

No, sus insultos no iban a afectarme.

–Ya sé que el nombre del lugar está borroso y que es muy raro, pero lo busqué en Internet y lo localicé. Y no hay guerra allí. ¿Y sabes? Estoy harto, lo que se dice harto, de mentiras.

Pero yo también acababa de mentir. Pensé que ya todos flotábamos en una vorágine de mentiras y que mentir era mucho más fácil y cómodo que no hacerlo.

Julia dijo entonces:

–¡Ay! ¡Qué sabrá Internet de guerras! Las guerras son de cada uno. Prepárate, anda, nos vamos al mercado a hacer la compra. Yo voy vistiendo a Telmo.

La palabra *compra* hizo que mi actitud cambiara *ipso facto* y reconocí admirado la maña con que mi hermana sabía sacarme de mis neuras y llevarme a su terreno. Cogimos el carrito y salimos. Afuera, la maceta de verbena ya no tenía capullos. Ni uno. Tal vez se los han comido las golondrinas del tejado o los ha arrancado el viento, me dije demasiado concentrado en el asunto «compra» como para preocuparme por ellos. Bajamos por el camino hacia el pueblo. A Telmo se le antojó ir dentro del carrito, como un saco de patatas, y Julia, que le daba todos los caprichos, se lo permitió.

–Te he hablado en varias ocasiones de Tinieblas... –empezó a decir nada más coger la cuesta–. Ya sabes que Tinieblas es el dueño de esta casa. Papá le debía dinero. No solo del alquiler, mucho más, mucho dinero. Tinieblas no es un hombre compasivo. Exigió que le pagara, le amenazó con echarnos a la calle y, como no teníamos a dónde, ir hicieron un trato. Bueno, fueron dos. En el primer trato, yo trabajaría para Tinieblas en algún lugar de Marruecos cuidando a una anciana; por eso me marché de casa. En el segundo, sería papá el que trabajaría para Tinieblas hasta terminar la deuda. Por eso se fueron y yo volví a casa.

–¿Tinieblas es malo? –interrumpió Telmo.

–¿Tinieblas vive en la ciudad del matasellos? –pregunté yo.

–Digamos que Tinieblas vive en muchas partes.

Telmo insistió:

–¿Tinieblas es malo?

–¿Y mamá? ¿También mamá trabaja para Tinieblas? –dije yo.

–¡Bueno, mamá! Mamá no sabe vivir sin papá. Cuando papá decidió en ese segundo trato que se cambiaría por mí, mamá pensó que en esa circunstancia él la necesitaba más que nosotros y se marchó con él. Eso es todo el misterio que tanto te obsesiona, ya lo sabes. ¿Satisfecho, metomentodo?

No supe qué contestar. Dudaba. Aunque triste, aquella versión de la historia parecía demasiado simple.

–Pues si Tinieblas es malo, le voy a pegar con el bumerán de mi cumple otro día que lo vea –dijo Telmo.

Julia abrió mucho los ojos y enganchó a Telmo por los brazos.

–¿Qué dices? ¿Tú sabes quién es Tinieblas?

–Sí. El hombre gordo del sombrero.

Y yo:

–¿Cuándo lo has visto?

Telmo se encogió de hombres.

–No sé.

Y Julia:

–Di, Telmo, ¿has visto a Tinieblas?

–No sé. Un día. De noche.

–¡De noche estás en la cama, dormido!

–Pero me levanté para quitarme el pañal y lo vi por la ventana.

–¿Estás seguro? ¿Cómo era?

–Gordísimo, con una tripa así. Tenía un sombrero blanco.

Julia soltó el carrito, abatida, y se paró en medio del camino.

–Otro merodeador. Aunque sea suya la casa, y la laguna, y la colina entera, es otro merodeador. Al no volver a verlo pensaba que se habría marchado, me había confiado. –Retomó la marcha, ahora mucho más furiosa–. ¡Pero que no se haga ilusiones, maldita sea! No pienso volver a la Ciudad Azul jamás.

Ahora fui yo el que se quedó parado.

–¿Eso quiere decir el nombre raro del matasellos? ¿Ciudad Azul?

–No, por Dios. ¿Dónde has visto un lugar con ese nombre? Es una manera de llamarla y no sé exactamente de qué ciudad hablo cuando hablo de la Ciudad Azul.

–Pero te llevaron allí cuando desapareciste de casa...

Se giró hacia mí a la velocidad del rayo.

–A mí no; llevaron a Julia.

–Por favor, no empieces.

Entonces Julia se desinfló. La vi más frágil que nunca. La fuerza que empleaba para mover el carrito salía solo de sus brazos. Me agarró de un hombro y me clavó las uñas. Y no sé cómo; se las comía a bocados.

–Dani, haz lo que sea, lo que sea, pero no permitas que ese hombre me lleve de nuevo.

Era Nick pidiendo ayuda a Mike en la vieja película americana.

–Déjame contarte algo que te puede interesar –siguió diciendo–. Es una fábula afr...

–¡Ah, no! –salté yo–, otra fábula no. Basta de fábulas, basta de metáforas, se me está pasando la edad de escuchar cuentos.

Pero ella hizo como si no me oyera.

Una fábula africana

Julia puso cara y voz de Mamelai. ¿Que cómo se hace eso? Lo siento, no podría describirlo aunque quisiera.

–Pensad en una ciudad diferente –empezó–, una ciudad con entrada y sin salida, una ciudad a la que, si se llega, luego no se consigue abandonar fácilmente. Como aquel árbol al que te subiste hace años, ¿te acuerdas, Dani?, y del que después no podías bajar, una cosa parecida. Nunca supe de qué ciudad se trataba, ni tampoco si estaba al norte o al este o cerca de la playa, pero tenía el cielo más azul que podáis imaginar. Tanto que se reflejaba en las paredes de las casas y teñía las calles de azul.

»La Ciudad Azul era bonita y era también fea, como la mayoría de las ciudades. Estaba encaramada en la montaña y rodeada de peligrosos precipicios. Allí vivió Julia un tiempo, en una casa muy grande, muy apartada del centro. Era la casa de Tinieblas. Como veis, a Tinieblas le gustan las casas grandes y solitarias. Por el primer trato que Tinieblas y Daniel habían hecho, Julia debía atender a una anciana moribunda, pero los días pasaban y la anciana moribunda no daba señales de vida.

»Vivían en aquella casa otras cuatro mujeres de cuatro razas distintas que tenían edades distintas y hablaban cuatro idiomas diferentes. Como entre ellas no se entendían, había poca comunicación. Solo una cosa las igualaba: las cuatro llevaban un turbante y jamás enseñaban lo que había debajo de él. Por aquellos días, Julia tenía la melena muy larga y cuando se peinaba delante del espejo las otras se quedaban mirándola embelesadas.

»Tinieblas no vivía en la casa, aunque aparecía cada día y lo controlaba todo. Siempre con su panamá blanco impecable. En un bolsillo de la americana, que también era blanca, guardaba una pistola y pegaba golpecitos rítmicos sobre ese bolsillo cuando alguna cosa no le gustaba, para que nadie olvidara que ahí había una pistola. Lo que más le molestaba era la luz natural. Por eso, en cuanto lo oían llegar corrían a cerrar todas las persianas, para que no entrara ni un rayo de sol; ya os he contado lo acomplejado que estaba por culpa de su sombra. Ante estas cosas, se supone que las cuatro mujeres debían estar unidas y hacer un frente común contra él, pero no era así: había una confidente entre ellas que informaba a Tinieblas de todo lo que pasaba en la casa, hasta de lo menos importante, y su identidad era una incógnita. Así que vivían entre sospechas, recelando las unas de las otras, lo que favorecía todavía más la soledad y la incomunicación.

»Cada cierto tiempo, Tinieblas elegía a una de las mujeres y se la llevaba con él. ¿A dónde? Julia daba por hecho que a cuidar o reconfortar a la anciana moribunda, si es que seguía siendo moribunda, quiero decir, si es que aún no había muerto. Cuando la mujer elegida regresaba varios días después, traía mal aspecto y parecía muy cansada. Entonces sus compañeras la cuidaban en silencio hasta que se ponía fuerte y mejoraba. Como Julia nunca era la elegida, estaba intrigadísima y se preguntaba qué hacía ella allí.

»Ahora os hablaré de la africana, la de más edad y también la más amable de las cuatro. Tenía la piel tan negra como la madera del panga-panga, que es un árbol de Zimbabue, y unos labios enormes, incluso para una africana. Cierto día que Julia lloraba porque se acordaba de su casa, esa mujer la consoló acariciándole la melena durante mucho rato y le cantó una canción de su tribu con una voz muy hermosa. Julia sentía tal gratitud que necesitaba darle un nombre y, como al pensar en ella le venía al pensamiento el árbol, fue así como decidió llamarla: Panga-Panga. Ya sabéis lo que se dice en el norte: "Todo lo que tiene nombre, existe", y debe de ser verdad porque a partir de ese momento Julia notó a Panga-Panga más cercana, más real. Entonces, para llenar el tedio de su vida en la Ciudad Azul, empezó a contarle cuentos. Muchos, de todo tipo. Y descubrió que se sentía bien mientras hablaba. Panga-Panga la escuchaba con total atención y a cambio le correspondía con canciones. La voz de Panga-Panga era extraordinaria. Julia no sabía cómo darle las gracias. Y un día le dijo sencillamente: "Gracias, Panga-Panga". Era la primera vez que la llamaba por el nombre que había imaginado para ella. Panga-Panga sonrió y abultó más todavía los labios cuando susurró: "Mamelai". Me gusta, pensó Julia, me gusta

Mamelai. Ahora eran Panga-Panga y Mamelai inventando un tipo de lenguaje solo para ellas. Y lo mismo que Julia podía recordar las melodías africanas que ella le cantaba, Panga-Panga repitió muchas palabras de los cuentos que había retenido en la memoria. Se rieron como nunca. Durmieron abrazadas y vestidas sobre la cama, Panga-Panga no se quitó ni el turbante. Por la mañana, Julia se despertó muy pronto. A Panga-Panga se le había movido un poco el turbante durante la noche y, como entraba luz por la ventana, pudo verle los contornos de un dibujo geométrico tatuado detrás de la oreja. Se lo tocó despacio, llena de curiosidad. Tenía relieve, como si escondiera o disimulara una cicatriz. Pero, entonces, Panga-Panga se despertó, se levantó de un salto, se puso en su sitio el turbante y salió de la habitación disparada.

»¿Era Panga-Panga la confidente? Porque escuchad lo que sigue.

»A los dos días, Tinieblas llamó a Julia y le ordenó que lo acompañara. Ella supuso que por fin conocería a la anciana moribunda, pero el mal estado en que volvían sus compañeras y el gesto inhumano de Tinieblas le llevaron a hacer preguntas. Tinieblas, por toda respuesta, golpeó varias veces con la mano el bolsillo que guardaba la pistola. Así que Julia lo acompañó. Era la primera vez que abandonaba la casa y no sabía a dónde iba ni si volvería alguna vez. Tampoco supo si los grandes labios de Panga-Panga temblaban al despedirla porque lloraba o porque reía.

–¿Y ya está? –pregunté yo. Porque, dicho esto, mi hermana se calló como si hubiera terminado.

–Depende. ¿Queréis saber qué pasó con Julia?

–¿A ti qué te parece?

–Bueno, pues lo que pasó fue que al cabo de unos días la muchacha que regresó a la casa de la Ciudad Azul ya no era Julia Federico, sino Shirley Fernández, o eso ponía en los nuevos documentos, y ya no tenía la melena larga, y un turbante le cubría la cabeza, y le habían hecho un tatuaje con dibujos geométricos detrás de la oreja izquierda, como a Panga-Panga. –Hizo una pequeña pausa durante la cual yo ni pestañeé y luego prosiguió–: ¿Sabes qué cosa no puede faltar en una fábula para que sea fábula?

–¿El... mensaje? Creo que me lo dijo Talú.

–Exacto. El mensaje de esta fábula es que no hay que confiar en un desconocido, aunque parezca amable. Recuérdalo cuando te cruces, por ejemplo, con Gallito.

–Pero, al final, ¿la confidente era Panga-Panga?

–Tal vez sí o tal vez no, ¡quién puede saberlo! Ese era el gran secreto de la casa.

Pensábamos que Telmo no se enteraba de nada, pero dijo desde el carrito:

–No me da miedo Tinieblas aunque tenga una pistola. Si te hace daño, le pegaré.

Estábamos delante del mercado. No quise seguir con la conversación para que Telmo no sufriera, aunque de todas formas me había quedado sin habla.

Pero sí, al menos la compra de ese día fue interesante, digna de una familia adinerada o numerosa o, por lo menos, hambrienta.

La venganza

Una de esas noches recibí un mensaje de la Banda: «Mañana por la tarde a las siete en el búnker. Plan Especial. No faltes».

Serían las once, u once y media, y justo me iba a la cama, pero ellos, que no tenían que hacer de niñera, estarían a esas horas en la playa viviendo una más de las agradables noches del sur. Menos mal que existen los teléfonos.

Como era habitual, tuve que llevar a Telmo. No me importó, estaba de buen humor. Aunque mis simpatías por la Banda eran discutibles, me gustaba formar parte de sus planes, con más razón si se trataba de un plan especial.

Llegamos al búnker diez minutos antes de la hora y no había nadie aún. Al momento, apareció Maricarmen saliendo del agua. Me pregunté si todavía seguiría enfadada por lo del beso, o mejor dicho, por lo del no beso, pero nada más acercarse salí de dudas.

–Hola, Dani –dijo muy amable–, te estaba esperando.

–Ah. ¿En el agua?

Explicó que mientras me esperaba decidió darse un baño. Hacía tanto calor... Además, necesitaba mover un poco los brazos. Había nadado hasta la tercera boya.

–No puede ser –le contesté realmente impresionado. Nadie nadaba tanta distancia y se lo dije. Ella, halagada, me sonrió.

–¿Y los otros? –pregunté.

–No van a venir, han cambiado de lugar. El plan especial va a ser en el callejón de la calle Zapaleño. –Se puso el vestido sobre el bikini empapado, que ese día no era rojo, sino blanco, y unas chanclas de goma–. ¿Vamos?

El callejón de la calle Zapaleño, si todavía existe, está al final del barrio viejo. Más que callejón, yo diría que era un pequeño solar abandonado. Como el riachuelo (que en el pueblo llaman río) pasa muy cerca, olía a desagüe, a óxido, a peces mutantes y a verdín, y Telmo se tapó la nariz con las dos manos.

Desde la calle Zapaleño, Maricarmen me señaló el callejón y yo fui hacia allí sin soltar la mano de Telmo.

–No –dijo ella–; es mejor que tu hermano no vaya, pero tranquilo, que lo entretengo yo. –Se dirigió a Telmo–: ¿Compramos un parisién en la plaza, cariño?

A lo que el muy chaquetero respondió cambiando de mano de inmediato.

No puse pegas. Pensé que aquello se estaba poniendo interesante (¿un plan solo para *adultos*?), y sin más doblé la esquina.

Y allí estaban todos: Zetazeta, Apache fumando una chorla, el Bruno y el Benito vestidos casi iguales, Casimiro

Gas... y la Canuta con el peto de granjero remangado hasta las rodillas y los pies anchos y cortos dentro de unas alpargatas de pocero. Saludé, había gente que apenas conocía: uno al que llamaban Perdigón, las amigas de Maricarmen, la Yoli, que era la tonta del pueblo y chupaba un caramelo con palito... Por cierto ¿qué hacía la Yoli en el callejón?

–Ha *llegao* el Vasco –dijo la Canuta–, ya estamos *toós*.

–Eso, empecemos a jugar –dijo una de las chicas.

Zetazeta habló como para mí:

–Hoy jugaremos al juego de las prendas. Ya sabes, el máster plantea pruebas a los jugadores y el que falla paga prenda.

Sí, claro, conocía el juego. Zetazeta haría de máster. Deduje que la Canuta, demasiado simple para ingeniar cualquier cosa que no fueran maldades, no estaba capacitada para el cargo.

Antes de empezar tuvimos que hacer un juramento: nos comprometíamos a pagar las prendas que nos tocaran, fueran del tipo que fueran. Nos sentamos en corro y se echaron a suerte los turnos. Empezaba Casimiro Gas. Zetazeta planteó la prueba. Tenía que contar un chiste. Si no conseguía arrancar ni una risa, pagaba prenda.

–Eeeh... –empezó Casimiro– *Dotor, dotor,* me duele aquí. Pues váyase allí.

Alguna risa hubo. Zetazeta prosiguió.

–Canuta: con los ojos vendados, toca a alguien y di quién es.

Nos levantamos todos del suelo y la rodeamos. La Canuta tocó la cabeza de Apache. Su pelo crecido y su mandíbula cuadrada eran inconfundibles, y acertó.

–Apache –dijo Zetazeta–: tienes que quitarle a la Dolo algo que lleve puesto utilizando solo los dientes.

–¡Guauuu! –dijimos a coro.

Apache, hábilmente, le quitó el reloj.

–Lucía: con un margen de error de más o menos diez, ¿cuántos euros calculas que tenemos entre todos?

–Mmm... ¿Veinte? No, ¿veinticinco? Sí, veinticinco.

Sacamos lo que llevábamos encima. No había ni siete euros, pagaba prenda. Le tocó saltar con los pies atados sobre nuestras piernas estiradas y en fila. Estaba permitido poner la zancadilla. Cada vez que se caía sobre alguien, tenía que volver a empezar. Nos partíamos de risa.

En fin, para qué alargarlo, así todo el rato. Pero yo parecía no existir, como si no hubiera entrado en el juego. Hasta que Zetazeta me apuntó con su dedo de máster y me miró con una mirada de través.

–Vasco, te toca: una adivinanza: «El mar me da el principio y la i da paso a lo que me lo quita». ¿Qué es?

Mientras los demás sacaban una risita de circunstancia, yo me repetí la adivinanza varias veces mentalmente. El mar me da el principio... El mar me da... No, no era nada ingeniosa ni graciosa ni original, ni tampoco demasiado clara en su enunciado, solo que a mí siempre se me dieron bien los acertijos. Pero como encerraba tanta malicia, se me antojó que no la iba a contestar, no les daría ese gusto. Aunque tampoco quería que pensaran que no era capaz de adivinarla. De pronto, noté que ya no estaba de tan buen humor.

–¿El *mar* me da el principio y la *i* da paso a lo que me lo *quita*? –repetí pronunciando con énfasis las tres únicas palabras que importaban–. Ni idea.

Y planté cara a Zetazeta con una mirada de halcón. Me dijo: pagas prenda, y supe que a partir de ese momento allí se estaba tramando algo que no me beneficiaría.

Los demás explotaron a reír mientras yo permanecía serio. Acababa de entender que me habían preparado una encerrona. Agarraron a la Yoli y la acercaron a dos palmos de mi cara. No se resistía, no protestaba, solo le importaba el caramelo con palito. Una gran baba pringosa le resbalaba por la barbilla hasta el cuello. De cerca vi que no era un chupachups corriente, era el tipo de caramelo (aplastado y con vetas de colores) que solo podía encontrarse en Chez Abélard, una confitería alejada del pueblo en la zona de las urbanizaciones caras, Catalina nos había llevado allí alguna vez. Un tipo de caramelo delicioso, muy duradero y difícil de conseguir, no os extrañe que me llamara la atención en medio de aquel jaleo.

De repente, el callejón quedó en silencio; la Canuta había levantado un brazo.

–¡Vasco! No quisiste besar a la más guapa, *pos* ahora vas a besar a la más fea, esa es la prueba. Y no nos hagas un *mamarracherío* de los tuyos, estás bajo juramento.

Me dije: ¿otra vez? Empezaba a estar harto del asunto «beso». Y como tampoco en esta ocasión se me veía dispuesto, entre el Bruno y el Benito me empujaron hacia la Yoli por la fuerza. A un centímetro de ella, noté su aliento azucarado. Me vino a la mente un pensamiento incómodo: Catalina besándome y peinándome con la mano a la puerta del colegio el primer día de clase delante de los nuevos compañeros que luego se reirían de mí. Medía un metro sesenta y tenía casi catorce años. No, no pensaba tocar a la

Yoli, los besos tienen que ser deseados, consentidos, nunca forzados. Y ante esa decisión, el juramento del juego me importaba un bledo.

Quise separarme, y, como no podía, me lie a manotazos para que me soltaran. Y como no me soltaban, empecé con las patadas, aunque muchas daban en el aire, no soy un buen luchador. Los gemelos me inmovilizaron echándose encima, enseguida se sumó alguno más; había empezado la pelea. Siempre he odiado la violencia y jamás me había peleado, pero en aquel momento estaba fuera de mí; solo quería pegar, morder, atacar, aunque mi desventaja era un hecho. Noté un puñetazo en la frente, un mordisco en el hombro, una patada en los riñones, un rodillazo en la tripa, otro puñetazo en el costado, unas uñas arañándome la cara. Las chicas chillaban medio histéricas. Que paráramos. Que me iban a matar. Que pensaban llamar a la policía. Hasta que apareció Gallito de no se sabe dónde y con un solo bufido detuvo la pelea.

–¡Pero qué hacéis, animales, que sois unos animales!

De primeras, al Bruno y al Benito les arreó dos tortazos iguales y de igual manera enrojecieron, haciendo esfuerzos para no llorar. Más adelante, me enteraría de que era su padre.

Después preguntó que quién había traído a la Yoli y mandó que la devolvieran inmediatamente a casa.

Sermoneó a los chicos por pegarme y volvió a llamarlos animales.

A mí me dijo si me gustaba eso de meterme en líos y que ya estaba tardando en ahuecar el ala.

Antes de dejar el callejón, prometió enfadarse, y mucho, si volvía a enterarse de que nos liábamos a golpes.

Me levanté torpe y lento, con el cuerpo dolorido, sin una zapatilla deportiva y sangrando por la nariz. Pero no podía irme sin Telmo.

–¿De quién ha sido la idea? –le solté a la Canuta. Y la llamé chinche y *arrastrá* para que viera que yo también sabía hablar en el lenguaje del sur.

Ella dijo:

–La idea no fue mía, pero te lo buscaste. Lo *comío* por lo *servío.*

Maricarmen, como si hubiera calculado los tiempos, llegó con Telmo. Me dio rabia que mi hermano me viera en ese estado, porque empezó a llorar afectadísimo y se me abrazó y no me soltaba y tuve que consolarlo diciéndole que no pasaba nada, que me había caído jugando, pero que nos habíamos divertido de lo lindo. Dani el fabulador. ¿No era patético? Y como resulta que Telmo chupaba un caramelo con palito idéntico al de la Yoli, ya no tuve que averiguar quién había sido la cerebro del enredo, estaba demasiado claro. Además, Maricarmen no tenía cara de sorpresa o de susto por la pelea (ni de beso). Tenía cara de venganza. Me dijo tendiéndome la mano:

–¿Amigos? Ya estamos en paz. Y por cierto, tu hermano es un amor, lo cuidamos juntos cuando quieras.

Le acepté la mano sin comprender su nuevo e inmediato cambio de cara (ahora mucho más cariñosa) y pensando que era muy difícil entender a las chicas y que a lo mejor yo no había nacido con las condiciones necesarias para hacerlo.

La deuda

¿Sabes lo que es sentirse en deuda con alguien? No es un estado de ánimo cómodo, te lo puedo asegurar. Y, por si no lo has experimentado, te lo explicaré.

Cuando llegamos Telmo y yo a la Casa del Alto, vimos la motocicleta roja de Gallito junto al seto y a Gallito y al culturista moviendo el agua de la laguna con un palo. Seguramente ya sabían que Julia no estaba y que además tardaría en regresar. Provocando olas con el palo querían que el bulto extraño se aproximara. Y se aproximaban yerbajos, basura, todo menos el bulto. No me pareció bien que merodearan de nuevo, pero me callé porque, como Gallito me había ayudado varias veces, me sentía en deuda.

Me preguntaron si la laguna pertenecía a la casa, si el bulto llevaba poco tiempo allí y si permanecía quieto en el mismo sitio, incluso en días de viento. Respondí a todo que sí, porque era la verdad y porque me sentía en deuda.

El culturista dijo: «¿Qué puede ser? ¿Un cadáver?». Y Gallito le gritó: «¡Calla, anormal, que hay críos!», lo cual era tan desconsiderado que me dejó de una pieza. Pero disimulé mi malestar porque me sentía en deuda.

Después de muchos esfuerzos inútiles con el palo, Gallito apuntó un número de teléfono en un papel y me lo dio, pidiéndome que lo llamara si observaba algo raro en la laguna. Que lo llamara inmediatamente, me advirtió, que no se me ocurriera chismorrear antes con nadie. Y como me quedé con el papel en la mano como un pasmarote sin decir ni sí ni no, Gallito me dio un empujón como de broma.

–Pero ¿qué he dicho, *quillo, pa* que se te haya vuelto la cara *azufrá*? ¿O es por la *pechá* de golpes que te han *dao*?

Y añadió si no me había quedado claro todavía que eran buena gente y que solo querían resolver problemas, que para eso eran la ley.

Como mi hermana me había prevenido tanto contra ellos, no pensaba llamarle, pero dije a Gallito que lo llamaría si observaba algo raro, porque eso es lo que había visto hacer en las películas, porque además quería que se fueran cuanto antes y sobre todo porque me sentía en deuda.

Y eso es todo.

Asoma una barca

Parece increíble, pero a los pocos días Telmo y yo encontramos una barca abandonada cerca de la laguna. Una barca muy pequeña. Estaba medio enterrada y camuflada con todo tipo de arbustos y juncos de los que crecen por ahí, pero el viento, cómo no, había hecho de las suyas destapando parte del casco. No era fácil verla y, además, se encontraba en un lugar de la colina al que no íbamos jamás, pero es que el asunto «bulto», gracias a Gallito, había empezado a obsesionarme y yo también quería investigar. Así que le dije a Telmo que rodeáramos la laguna para comprobar si al otro lado vivían el mismo tipo de ranas. Y por eso la vimos. En realidad, fue Telmo quien la vio primero y dijo que «eso que sale por la tierra parece el trozo de una embarcación», con estas mismas palabras, como si fuera un niño-actor de teleserie americana. Como había palabras mucho más fáciles que *embarcación* que se le atravesaban, me hizo gracia la frase y por eso hoy todavía la recuerdo.

Empezamos a desenterrarla con las manos. Telmo estaba como loco y no paraba de hablar, pero yo no le hacía ni caso porque, mientras mis manos quitaban zarzas y arena, mi cabeza estaba en otro lugar y ese lugar era el territorio de la lógica. Y eso que todavía no había dado esa materia en el colegio. Pensaba:

- Si Gallito merodea en la laguna es porque le interesa algo; el bulto, no hay duda.
- Si Julia no quiere que Gallito merodee en la laguna es porque necesita proteger el bulto.
- Entonces el bulto es importante para los dos.

Y pensaba también:

- Puesto que el bulto no se mueve ni un centímetro, Gallito necesita una barca para alcanzarlo. (No me lo imaginaba nadando hasta allí en medio de toda esa porquería.)
- Julia, en cambio, para proteger el bulto, debe impedir que Gallito utilice una barca.
- Entonces, y por razones opuestas, tanto Julia como Gallito pueden sabotearnos la barca.

Todo eso pensaba, aunque la barca era lo de menos, para qué engañarnos; lo verdaderamente importante era el bulto.

Mientras me dejaba las uñas rascando tierra y arena, una idea se había adueñado de mí: tenía que adelantarme, tenía que subir a la barca y explorar la laguna y llegar hasta el bulto antes de que ellos me lo impidieran. Pero ¿cómo aventurarme si ni siquiera sabía nadar? ¿Y si hacía agua y naufragaba? Eso contando con que no estuviera destrozada y de que fuéramos capaces Telmo y yo de desenterrarla en tiempo récord antes de llamar la atención de Julia o de Gallito.

Dije: «Adelante, Dani», pero creo que no llegué a pronunciarlo.

¿O sí?

–¡Eh! ¡Que no me llamo Dani! –dijo Telmo echándome arena por la espalda.

Así que tuve que aterrizar en el territorio de la realidad, que era lo que tenía delante: una barca, una laguna y un problema. Iba a entrar ahí. Todavía no sabía cómo, pero sabía que iba a entrar. Pensé que algo empieza y algo acaba cuando se toma una decisión; empieza la nueva acción que siempre termina con la que se descarta. Y juro que ese pensamiento no lo había leído en el Coyote.

Método para eliminar cargas

Telmo se estaba poniendo pesado, no paraba de hacer preguntas, quería saber quién había enterrado allí una barca, por qué, para qué, a santo de qué.

–Estamos muy cerca del mar, no es la primera barca que encontramos –dije yo sacando balones fuera, lo mismo que sacaba tierra. Habíamos cogido de casa unos guantes, la pala y el atizador de la chimenea, los rastrillos de la playa, y cavar y quitar zarzas con toda esa herramienta resultaba algo más fácil.

–Las cosas se entierran para que nadie las encuentre y para cogerlas después –dijo Telmo.

Y me recordó los huesos que escondía Trosky, el perro de Pantxo, nuestro vecino del norte, dentro de la tierra de las macetas.

–Seguramente la han enterrado para que no se la lleve el viento –mentí sin un titubeo.

–Pues en la playa no entierran las barcas y también hace mucho viento.

–No compares, aquí hace mucho más.

–¿Por qué?

–Porque estamos más arriba.

–¿Por qué hace más viento más arriba?

–Y yo qué sé. Anda, canijo, calla y sigue dándole.

Y seguimos, pero de repente yo dejé de cavar y le miré. Trabajaba obediente y con empeño, a pesar de hacerse muchas preguntas que yo no podía o no quería responder. Era, en definitiva, mi colaborador más constante, puesto que no podía quitármelo de encima. Y yo le mentía o le ocultaba información o lo apartaba de lo real con palabras vacías, palabras que solo eran palabras, una letra tras otra del abecedario, nada más. ¿No estaba comportándome como Julia? ¿No estaba infantilizando a Telmo más de lo que le correspondía, igual que Julia me infantilizaba a mí? No, no iba a ser otro fabulador, las fábulas son el jeroglífico del concepto y el concepto es lo único que vale. Y me daba igual que Telmo tuviera solo cinco años.

Hice que me escuchara.

–Telmo, te voy a explicar lo que pasa: ese bulto raro que apareció en medio de la laguna al principio del verano puede ser importante. ¿Para quién? No lo sabemos; para alguien, porque pensamos que alguien lo tuvo que poner allí. ¿Para qué? Tampoco lo sabemos, pero es muy probable que el que lo puso usara esta barca y querrá volver a usarla para recuperarlo, por eso se ha tomado la molestia de enterrarla. Sí, sí, como Trosky con los huesos. Es posible que a Tinieblas o a Gallito les interese, los hemos visto merodear. Pues bien, ahora tú y yo tenemos una misión y es la de saber antes que ellos qué es eso que flota en la laguna. Las misiones de este tipo son siempre secretas. ¿Entiendes bien lo que quiero decir?

–Que no le cuente a nadie que hay un hombre ahogado en la *pistina* y que lo vamos a sacar.

–Espero que no sea un hombre, pero sí, eso es. A nadie.

–¿Ni a Julia?

–Ni a Julia.

–Julia es buena...

–Claro que es buena, buenísima, la mejor hermana del mundo, pero tiene un problema y nos lo oculta para no preocuparnos. Lo hace por nosotros, para que no suframos. Si se entera de que andamos investigando, se enfadará, porque quiere que estemos tranquilos y a salvo. Telmo, esto es importante, quiero que entiendas que te estoy tratando como si fueras un niño mayor. Mayor de verdad.

–¡Soy mayor! –se apresuró a decir, aunque decir eso le hacía, en realidad, pequeño.

Pero a mí ya qué más me daba. Me sentía liberado de un gran peso después de decidir que no repetiría con él el comportamiento que más aborrecía de Julia. Le estiré de las orejas, le pellizqué la nariz.

–Si, bueno, un mayor que se mea...

–Julia dice que hay mayores que se mean.

–Claro. Y ancianos.

Y me eché a reír, como si lo necesitara en medio de tanta cosa seria. Telmo se enfadó, soltó la pala, empezó a pegarme puñetazos que ni me dolían, yo lo sujetaba, me moría de la risa... lo normal, una pelea de tantas.

Cuando desenterramos la barca del todo, vimos que era una canoa de madera con un remo. Estaba en buen estado, solo tenía un agujero. Era muy ligera y pesaba muy poco, podíamos moverla sin dificultad. La llevamos a casa a rastras y la escondimos al fondo del sótano entre los trastos que se amontonaban unos encima de otros, como los cacharros en la tienda de cosas de segunda mano del pueblo.

El plan

Plan de estudios, plan de pensiones, plan de comidas, en plan de amigos, tener un plan... Seguramente por imitar a Talú, me entretenía buscando diversas formas de emplear esa palabra, obsesionado con ella. Porque plan era lo que estaba tramando y desarrollando para investigar el bulto de la laguna. Y, para que nada quedara en el aire, decidí anotar los pasos necesarios en un cuaderno de bitácora.

Paso uno: arreglar el agujero de la canoa.

El padre de Apache era pescador, y por ello Apache sabía arreglar agujeros de barcas.

–¿Acaso tienes una? –me preguntó.

Le dije que sí, que una canoa pequeña.

–¿De qué material?

Le dije que de madera. Entonces, tenía que conseguir estopa de cáñamo, liarla y apelmazarla bien y meterla después en el agujero empujándola con un clavo grande y un martillo.

–¿Nada más? –dije asombrado.

–Puedes poner masilla por encima, para sellar, pero si la estopa está muy apretada suele ser suficiente.

–O brea –dijo Casimiro Gas. También su padre era pescador.

Apache dijo que por cinco euros me conseguía la estopa y la masilla.

–Y por cinco más te hago la *chamba*, que soy un tío mañoso.

Pero ni hablar. En el quiosco del señor García me venderían todo eso por menos, seguro. Y si tenía dificultades con el arreglo del agujero, ya le diría.

Y no voy a presumir, las tuve, pero las solucioné como pude porque mi economía estaba por el suelo y porque tampoco yo ando mal de maña.

Telmo y yo comprobamos en la laguna que la canoa funcionaba. Tuvimos que meternos en la orilla para probarla. El agua estaba asquerosa, no se veía el fondo, pero se notaba resbaladizo y embarrado.

El primer paso se había resuelto más o menos según lo previsto, aunque el segundo prometía ser más largo y complicado. Escribí: «Paso dos: aprender a nadar».

Aprendiendo a nadar

—El hombre flota de manera natural, como un barco, sobre todo si tiene los pulmones llenos de aire. Es el miedo a ahogarse, la histeria, lo que hace que la gente trague agua y se ahogue. Aunque bueno, también es importante la técnica –solía decir Talú.

Cuando vivíamos en el norte, Catalina me apuntó a un cursillo de natación en la piscina cubierta. Las clases eran los martes y los jueves y el cursillo iba a durar todo el invierno. Pero falté mucho porque aquel invierno la mayoría de los días Catalina no se encontraba bien, estaba algo enferma. ¿De qué? De melancolía, oía decir, aunque yo, con ocho años, todavía no sabía qué era la melancolía. Luego empezó a crecerle la barriga y Julia me dio la gran noticia: dentro de unos meses nacería un nuevo hermano.

Pero Catalina no mejoró, al revés, la barriga le molestaba. Solo se recuperaba cuando Daniel llegaba a casa de excelente humor y la cogía en brazos y la llamaba chata:

«Chata, hoy me han ido bien las cosas», «Chata, tuve un buen día». A veces Daniel traía montones de billetes y los esparcía por la cama en la que Catalina a menudo pasaba las tardes acostada. Un jolgorio salía de la habitación y enseguida ella se levantaba, se arreglaba el pelo, se ponía algún vestido bonito y salíamos los cuatro a cenar a un restaurante. Eran días de alegría inesperada, como de fiesta, en los que también faltábamos a la piscina. Así que en casa se vivía sobre ascuas, a expensas de los continuos cambios de actitud de nuestros imprevisibles padres.

Había días que la inestabilidad me ahogaba.

–Julia, ¿por qué papá y mamá no son iguales todos los días?

–¡Vaya pregunta! Son seres humanos, no son robots. Y a todo esto, ¿con qué día los prefiere el señorito?

–Los prefiero haciendo siempre lo mismo, lo normal, llevándome a la piscina...

Y, entonces, Julia me contó una extraña historia sobre dos hermanas gemelas de la Cochinchina muy metódicas que, por hacer todos los días a las mismas horas las mismas cosas juntas, cuando llegaron a ancianas nadie las pudo separar porque se habían convertido en siamesas.

–¿Y se murieron a la vez?

–Prácticamente; no querían vivir separadas.

–¿De qué se murieron?

–De aburrimiento. La rutina es la muerte más cruel, porque mata lentamente.

Aquel invierno no aprendí a nadar, aunque aprendí a salir a flote en el océano de los desequilibrios familiares, que no fue fácil. Pero ahora lo que yo necesitaba era saber salir a flote en el océano de agua. O en la laguna.

Le pedí a Maricarmen que me enseñara a nadar porque estábamos en paz y porque ya éramos amigos. Recalqué lo de «amigos» para que no hubiera malentendidos de ningún tipo. Ella puso cara de «por supuesto, ¿qué te esperabas, rico?», y acto seguido accedió.

Quedábamos en la playa todas las tardes antes de reunirnos con la Banda. Maricarmen cambiaba de bikini como de cara porque su madre tenía una *boutique* para turistas en la calle más concurrida del pueblo.

Maricarmen me enseñó primero a flotar y enseñó a flotar a Telmo porque, según dijo, tenía la edad adecuada. Más adelante ya perfeccionaríamos el estilo.

Practicábamos cerca de la orilla, siempre donde hacíamos pie, porque yo no me conseguía quitar el miedo a las profundidades. Sin embargo, aprender a flotar en el mar resultó mucho más fácil de lo que pensaba. No iba a ser el campeón de las próximas olimpiadas, pero podía permanecer estable en el agua y bucear unos cuantos metros aguantando la respiración.

Telmo no me defraudó, en casa contaba solo lo permitido y de ese modo conseguimos que Julia viviera en la inopia. Creo que dar responsabilidad a un niño lo hace más adulto, no sé, es una teoría que concebí entonces.

Yo estaba deseando entrar en la laguna y Maricarmen lo sabía, porque le había contado que quería probar una canoa que guardábamos en el sótano. Pero, cuando se iba acercando el día, adivinó mi miedo a meterme solo y prometió que me acompañaría. Me alegré y no me alegré, las dos cosas. Aunque su presencia me aportaría seguridad, el agobio de tener que disimular los secretos existentes era grande. Pero, como a pesar del agobio quería a toda costa que me acompañara, decidí confesarle que tenía mucha curiosidad por saber qué era ese bulto tan extraño que flotaba desde hacía poco tiempo en la laguna. Me escuchó con interés. Dijo que algo tan simple como probar una canoa se había transformado de repente en una aventura. Y dijo casi chillando que le volvían loooca las aventuras. Solo le pedí una cosa:

–No se lo cuentes a nadie, que luego todo se sabe. Mi hermana nos ha prohibido a Telmo y a mí acercarnos a la laguna. Si se entera que desobedecemos, soy hombre muerto.

–¡Por favor! ¿Por quién me tomas? –dijo con cara de espanto. Y añadió, mientras ocultaba una risita–: ¿Lo de *hombre* va por ti?

En casa cogí el cuaderno de bitácora y escribí: «Paso tres: Exploración de la laguna».

Aquella noche no pude dormir; mucha ansia, demasiados nervios. Pero dormido como un tronco debía estar por la mañana cuando me despertaron las voces y aspavientos de alegría de Julia. Resulta que Telmo había ido a su cama a despertarla para contarle que el pañal había aparecido seco. Era la primera vez que sucedía y sucedió también al día siguiente y al siguiente y ningún otro día más porque Julia decidió que Telmo no volvería a dormir con pañal. Y así fue. Y ya no lo necesitó nunca, lo que vino a reforzar mi teoría recién concebida sobre dar responsabilidades a los niños para que maduren y todo eso.

Noche náutica

El día de la exploración de la laguna, Maricarmen llegó a la Casa del Alto en su bicicleta de montaña a la hora nona, no antes, para no coincidir con mi hermana. Era un nombre en clave, por supuesto, y nos pareció divertido utilizarlo. Queríamos imitar a los aventureros valientes que avanzan hacia el desenlace de un misterio sin dejar pistas y, aunque *nona* nos sonaba a nueve, a novena, y nuestra hora nona era justo a las nueve de la noche, la llamamos así por su significado: NOche NÁutica.

Sacamos la canoa del sótano y la arrastramos hasta la laguna. También llevábamos el remo, una linterna, el flotador de Telmo y una cuerda larga. ¿Para qué la cuerda larga? Bueno, pensamos que dónde se ha visto un aventurero sin cuerda, y la cogimos, eso es todo. Yo me preguntaba si la canoa aguantaría el peso de los tres, pero cualquiera le decía a Telmo que no subiera. Íbamos en bañador; el de Maricarmen era de nadadora, verde y azul.

Y, cuando estábamos a punto de embarcar, aparecieron Zetazeta, Apache, la Canuta y los gemelos, que querían participar en la flotación como si la canoa fuera de todos. Mascullé una barbaridad y, aunque tenía pocas dudas sobre quién habría dado el soplo, miré a Maricarmen rogando para mis adentros que no me hubiera defraudado. Pero ella se delató disculpándose con la excusa más gastada de todas: no sabía cómo se habían enterado, solo se lo dijo a su mejor amiga, la Dolo. Y en secreto.

Ya. Y la Dolo a Rocío. Y Rocío a Lucía. Y Lucía a su hermano Zetazeta... Me sabía la historia.

Como era de esperar, la Banda no iba a perderse una tarde distinta y yo no disimulé mi malestar. Dije que nadie los había invitado, que se fueran, que no tenía permiso de mi hermana, que si me pillaba en la laguna me mataba, que...

–¡Cállate ya la boca! –me gritó Apache en la cara–. Tu hermana no va a enterarse de *na*, hace rato que está de *baretos*. ¿O te crees que no lo sabemos?

–Puede venir de improviso. Os marcháis y punto.

–¡Ni borrachos! –dijo Apache–. ¿Solo somos colegas *pa* lo que a ti te convenga?

–¡De aquí no nos mueve ni la *levantera*! ¡*Egoíta,* que eres un *egoíta*! –apoyó la Canuta, faltona.

–¡Soy lo que me sale de las narices! –respondí. Estaba bastante cabreado.

Los gemelos zanjaron la pelea.

–Venga, tío, probamos la canoa y nos largamos, no vamos a quedarnos a vivir aquí en la casa.

No tenía elección, las leyes de la Banda eran firmes como los pactos entre caballeros, lo había leído en un Coyote, y precisamente por una de esas leyes, la de silencio ante los adultos, confiaba en que Gallito no se enteraría de nada. Así que la canoa pasó aquella noche a ser un bien colectivo para uso y disfrute de la comunidad.

Pero se portaron como era de esperar: querían subir todos al mismo tiempo, alborotaban, se empujaban, se hacían aguadillas, se desternillaban, volcaron la canoa varias veces y cuando se caían al agua nadaban como verdaderos peces, aunque sin alejarse demasiado de la orilla. Chicos de costa, me decía mientras esperaba mi turno. Para cuando se aburrieron de jugar con la canoa, era noche cerrada.

Y ahora viene lo difícil. ¿Cómo contar con palabras corrientes lo que no tuvo nada de corriente? ¿Cómo dar la importancia que se merecen las cosas que no pasan nunca, hablando con el mismo lenguaje que usamos para las vulgares conversaciones cotidianas?

Ya estábamos en la canoa. Los tres. Maricarmen sujetaba a Telmo entre sus piernas con el flotador a la cintura. Yo remaba hacia el centro de la laguna sin hacer caso de Apache, que nos silbaba gritándonos que no nos alejáramos tanto. Pensarás: ¿tan grande era la laguna? Bueno, pues lo era, al menos para unos exploradores sin conocimientos ni experiencia, unos aventureros de mentira. Miré la luna, no sé por qué, y me impresionó que tuviera forma de sonrisa de gato de Cheshire. Y pensé que se reía de nosotros como si en ese momento pensar eso fuera lo más lógico del mundo. Luego escuchamos otro silbido de Apache, aunque ya no oímos su voz. Luego aulló un animal, seguramente un zorro, suponiendo que hubiera zorros en la zona.

–Enfoca –dije a Maricarmen–, lo que buscamos debe de andar por aquí.

Hacía un viento fresco, desapacible, y Telmo dijo que tenía frío y que se le habían mojado los pies. Así que toqué el fondo con las manos temiéndome lo peor. Sí, por la parte del agujero la canoa hacía agua, pero no me molesté en preocuparme todavía porque acabábamos de divisar por fin el bulto que, de cerca, parecía más cabezota de hombre ahogado que nunca.

Nos acercamos a la mayor velocidad. Desde luego, el bulto no era un hombre, sino una boya con poca pinta de boya, pequeña para ser boya, deformada, pero boya al fin porque flotaba y estaba sujeta al fondo por una cadena oxidada. La levantamos lo poco que pudimos inclinando peligrosamente el cuerpo fuera de la borda y Maricarmen la alumbró con la linterna. Qué susto, qué visión: alguien había pintado en ella una horrible cara de payaso. Tengo que reconocer con cierta vergüenza que me entraron ganas de gritar. Todo lo que me rodeaba parecía estar dispuesto para que yo me pusiera nervioso: la noche oscura, la luna burlándose de mí, la laguna profunda y sucia, la canoa haciendo agua y ahora la boya con esa esperpéntica y mal dibujada cara de payaso. Como remate, Telmo empezó a llorar.

–Calla, por favor –le dije–, no la líes ahora. Hemos quedado que eres mayor.

–Una boya... –dijo Maricarmen abrazando a Telmo para consolarlo–. ¿Qué querrá señalar? Pues no nos vamos sin saberlo. Métete al agua, Dani, y vete bajando agarrado a la cadena hasta que encuentres el final. No creo que cubra mucho.

–¿Estás de broma? –salté horrorizado.

Pero no, no estaba de broma. Debía bajar yo porque ella tenía que cuidar de nosotros, de los tres, y lo haría mejor desde la superficie.

–Te atas la cuerda a la cintura y te sumerges –dijo con firmeza, sin darme opción de protestar–. Mira por dónde, la vamos a utilizar. No va a pasarte nada. Si tienes problemas abajo, das un tirón a la cuerda y yo te subo. Venga, Dani, no lo pienses, tírate ya.

–Está tan oscuro que no veré nada.

–Ni falta que hace. Palpa, tú solo palpa.

No podía negarme cuando, además, yo había proyectado la aventura, así que me dije que volvería una vez más a ser el Niño Pez que intentaba imitar a Colapesce.

Cogí todo el aire posible como yo sabía hacerlo y me lancé. Noté el agua tibia y oleosa. Empecé a bajar agarrado a la cadena de la boya tratando de no pensar en lo que me rodeaba. Pero no era fácil. Las sombras eran peces enormes, monstruos con tentáculos que me rodeaban, los movimientos del agua eran muros de rocas que se derrumbaban sobre mí y las cosas que me rozaban las piernas eran cadáveres de personas que habían sido atrapados bajo el agua por las ramas, es increíble lo que puede sugerir la oscuridad. ¿Pareidolia? No lo creo; imaginación alterada por el miedo, solo eso. Así llegué hasta abajo y comprobé que la cadena estaba enganchada al asa de una caja semienterrada en el fango. Seguí palpando. La oscuridad no era mi amiga, pero el tacto sí, y me trajo la imagen de una caja metálica, verde creí recordar, en la que mis padres guardaban papeles, cosas importantes, o dinero cuando había dinero que guardar. Pues bien, una caja de ese tipo parecía la que tanteaba obstinado con las manos. Entonces, Maricarmen debió de pensar que llevaba mucho tiempo sumergido (y seguramente así era), porque noté que la cuerda tiraba de mí. No había tiempo. Con un último esfuerzo traté de coger la caja, pero no pude y tuve que subir como las balas porque Maricarmen tiraba muy fuerte de la cuerda y porque además me había quedado sin oxígeno.

En la superficie reinaba el caos. La canoa se hundía y Maricarmen y Telmo, que la habían abandonado a su suerte, flotaban en la laguna como una pareja de náufragos.

Me eché a temblar. Todo el pavor de una vida al agua me dominaba. Estaba en la superficie y no podía respirar. Me enganché a la boya con las dos manos y ya fue una valentía suprema levantar el pulgar para que Maricarmen supiera que había conseguido el objetivo de llegar al fondo.

–¿Qué has visto abajo?

–Nada –dije sin mentir, porque ver, lo que se dice ver, no había visto nada.

–Pues vaya. Ahora desátate la cuerda, Dani, y deja que se hunda; tenemos que nadar. Iremos muy pegados para no perdernos. Yo sujeto el flotador de Telmo.

Una imagen fugaz se me cruzó, ¡zas!, como un meteorito en llamas: un niño pequeño volteado por las olas, sumergido, casi ahogado. Traga mucha agua, la angustia es total. Como el fondo es muy áspero y las olas tienen mucha fuerza, el niño nota en cada sacudida que se le arranca la piel.

Ya me había desprendido de la cuerda, pero no era capaz de abandonar la boya.

–¡Dani! ¡Suelta la boya!

«Ni loco», contesté en el más absoluto silencio.

–¡Suelta la boya y nada! Puedes hacerlo, has aprendido a nadar.

«No, no he aprendido, ahora lo sé, y lo que es peor: tampoco he superado el miedo al agua».

–Dani, te dejo un poco de mi flotador para que te agarres –oí decir a Telmo.

«Ni el agua ni la noche son mis adversarios. Mi enemigo real es el miedo. O algo mucho más mezquino: la cobardía».

–¡Dani!, sabes nadar, solo tienes que creértelo. De hecho, estás nadando, la boya no te sujeta, no puede, pero te da seguridad. Venga, deja la boya y nada.

«No puedo, te lo juro que no puedo», dije sin moverme y sin abrir la boca.

–Dani, por favor, suelta la boya o Telmo y yo tendremos que marcharnos; vamos a morir aquí de frío, tu hermano no para de tiritar.

«Solo soltaré la boya si tú me das la mano», supliqué sin una palabra.

–Anda, dame la mano a ver si así lo conseguimos. Conque flotes es suficiente, yo haré el resto. Pero solo agarra mi mano, no te cuelgues de mí o vamos los dos al fondo, ¿de acuerdo? ¡Adelante!, mi mano es la boya.

Y, de esa forma, cambié la boya por la mano de Maricarmen. Nadamos orientándonos por los silbidos de Apache, de la Canuta. Luego me confié y solté la mano de Maricarmen. Llegamos a la orilla y los de la Banda entraron al agua para ayudarnos, nos debieron de ver muy mal. Ya fuera, nos acosaron a preguntas, querían saberlo todo. Contamos lo de la canoa hundida y lo de la boya con una cara de payaso, como cosa graciosa. Contamos lo de mi inmersión. No daban crédito a la hazaña; para ellos, yo apenas sabía nadar. Así que por un momento fui el aventurero que había pretendido ser y recibí un buen baño de autoestima necesario después de la humillación sentida momentos antes cuando me aferraba como un desgraciado a la boya. Y con eso se acabó la parte náutica de la noche. Insisto, solo la parte náutica. Todavía quedaba algún que otro asunto que resolver antes de que amaneciera.

La vieja que vendía medicinas

Y, de pronto, oímos el ruido de un motor de coche que aparcaba junto al seto.

Redujimos el tono de voz y espiamos. Julia iba en el puesto del copiloto. Se bajó del coche y entró en casa. No nos vio, no vio nada. Iba como sonámbula. Luego el coche arrancó y se fue camino abajo. Como en los cuentos de miedo, era poco más de la medianoche.

–¿Y *eta*? ¿Qué mosca le ha *picao pa* regresar tan pronto? –dijo la Canuta.

Presentí que algo grave pasaba y les pedí que se marcharan. Y lo hicieron, se fueron como vinieron, sigilosamente y a pie. Maricarmen no los acompañó porque tenía en el sótano la bici de montaña.

Julia no había subido a su cuarto. Como si el recorrido por las escaleras fuera demasiado empinado y largo, se había detenido en la sala y estaba tumbada en el sofá. Parecía dormida o desmayada. Nos acercamos y yo la llamé en voz baja. Se movió, susurró algo que no entendí, posiblemente una queja porque puso cara de dolor y se apretó la cabeza con las dos manos, como ya le había visto hacer en otras ocasiones.

–¿Te duele la cabeza? –pregunté.

Entonces se incorporó un poco con esfuerzo, abrió los ojos y nos miró extrañada, a los tres. No dijo nada por la presencia de Maricarmen.

–Dani, me duele mucho la cabeza y no tengo mis pastillas. No puedo aguantar este dolor. Por favor, busca a Talú, él sabe dónde comprarlas.

¿La fabuladora de cuentos optimistas admitiendo un sufrimiento? ¿Shirley a las doce en casa? Bien, sabía que no exageraba. Y sabía que tenía que ir al pueblo sin tardanza en busca de Talú.

–Coge mi bici –dijo Maricarmen–, yo me quedo aquí hasta que vuelvas, cuidando de Telmo y de tu hermana.

–Pero tendrás que ir a tu casa, tu madre te reñirá.

–Llamaré, le diré dónde estoy y que iré más tarde. Es muy comprensiva, nunca se enfada. Y yo nunca le miento, no tengo necesidad.

Sentí una pequeña punzada de envidia ante esa complicidad y confianza que yo jamás tuve ni tendría con mis padres, pero enseguida lo olvidé y nada más localizar a Talú por teléfono ya estaba corriendo en la bicicleta hacia el pueblo.

Talú tomaba un trago (un *buchito*, decían allí) en el bochinche de Juanporrones. Sin prisa, acababa de salir de trabajar y el día siguiente era su día libre. Me escuchó con los ojos y los oídos muy abiertos y cuando terminé de hablar chasqueó los labios preocupado. Luego sacó la cartera del macuto e hizo un recuento rápido de su dinero.

–Vamos –dijo dejando el *buchito* sin acabar.

Calles estrechas y blancas con aceras como cintas, rejas negras o verdes en las ventanas, la televisión encendida o alboroto de palabras medio rotas tras las rejas. Y el olor, ese olor a puerta abierta que es imposible asociar a otro lugar. Sé que hay imágenes a cientos, pero para mí eso es el sur.

–Por allá –dijo Talú casi corriendo. A su lado, yo pedaleaba montado en la bici de Maricarmen.

Llegamos a una calle iluminada con una única farola, al fondo se escuchaba el mar. Delante de una casa se había formado un corrillo de gente: un hombre tocaba la guitarra con cara de sufrimiento, una mujer bailaba en el centro remangándose la falda, los demás daban palmas. Y presidiendo el corro, sentada en una silla verde de plástico que ponía Sprite, poderosa como una matriarca de clan gitano, estaba la tía Paca.

La tía Paca vestía toda de negro. Camisa y falda negra, zapatillas negras. Sobre la ropa llevaba un delantal de flores. La tía Paca tenía un moño oscuro, pero un buen trozo del cabello que le nacía era grasiento y gris. La tía Paca tenía las arrugas de muchos años y los ojos casi cerrados de la persona a la que ya pocas cosas interesan. Los labios descoloridos, el entrecejo ligeramente fruncido; no agradaba.

–Espera aquí, mejor voy solo –dijo Talú con cautela.

Desde la acera de enfrente, vi cómo Talú se dirigía a la tía Paca. El barullo paró en ese instante y el corro se dispersó. Vi cómo los hijos, o quizá los nietos, dos chicos enormes y morenos hasta no parecer blancos, se plantaron de pie a ambos lados de la silla verde. Talú sacó su cartera y enseñó el dinero que llevaba. Pero la tía Paca negó con la cabeza mientras los hijos o los nietos, quietos como columnas, desafiaban a Talú con los brazos cruzados sobre unos pectorales infinitos. Me pareció que Talú insistía y que suplicaba después. Pero la tía Paca seguía negando con la cabeza y con los ojos semicerrados miraba al suelo, donde un revoltijo de pajas y hojas que había traído el viento era más importante que Talú. Hasta que, después de un rato que a mí me pareció bastante largo, dejó de negar y entonces uno de los hijos o de los nietos hizo un gesto a Talú para que lo siguiera al interior de la casa. No pude soportar la intriga y solté la bici para acercarme sin que me vieran. Talú salió a los pocos minutos y ya se marchaba sin más ceremonias cuando la tía Paca dio un grito:

–¡*Quillo*!

Talú se detuvo delante de ella. Ahora la tía Paca tenía los ojos bien abiertos, pero no miraba directamente a Talú.

–Esta noche me ha *fallao* en la cabaña, que me lo han *soplao*. ¡La *mu* hija de su *mare*! Dile que me ha *dejao* en mal lugar con los gachós, yo, que me parto el pecho *pa* buscarle clientes y *to*. Dile que tengo un *dijusto mu* grande. Llévale la *medecina* y que le aproveche. Y dile que es la última vez que me ablando con esa mico. Si vuelve a suceder, se va al carajo. Dile *to* esto de parte de la tía Paca.

Talú afirmaba con la cabeza mientras apretaba la parte del macuto que guardaba (luego lo supe) las pastillas recién compradas. No adivinó o no le importó mi espionaje. Cogió la bici por el manillar con una mano, con la otra me agarró del hombro y, en silencio, llenos de preguntas sin respuestas, abandonamos la calle.

El niño que pudo morir bajo las olas

—Fue en la playa de Anglet, en este mismo océano del sur, solo que Anglet está al norte, todavía más al norte que nuestro norte. Sí, Dani, el niño que se ahogaba eras tú.

Así empezó Julia el relato de un suceso del pasado que yo le obligaba a recordar porque no podía quitarme de la cabeza la imagen del niño arrollado por las olas. Se encontraba bastante mejorada, apenas le dolía la cabeza y tenía ganas de hablar. Pero seguía acostada a las cuatro de la tarde y justo a esa hora le entraron ganas de comer. Talú había cocinado y le subió un enorme plato de espaguetis con tomate. Se portaba como un enfermero, la ayudaba en todo, con los cojines de la espalda, con la servilleta y la bandeja, con todo. Le decía tonterías simples y poéticas y no parecía el chico joven que era, sino un enamorado antiguo de bastante más edad.

Julia hablaba entre bocado y bocado, a veces con la boca llena, y nosotros la escuchábamos sin pestañear sentados o tumbados en su cama. Los tres: Telmo, Talú y yo.

–Tenía ocho años, pero me acuerdo de cada momento igual que si hubiera sucedido ayer –dijo mi hermana, y su voz tembló levemente, como una pluma cuando se sopla.

Julia contó que cierto día Daniel decidió llevarnos a esa playa. Pasábamos una buena racha y mi padre acababa de estrenar un coche. Lo tenía todo planeado: saldríamos a mediodía, nada de madrugones; de camino, pararíamos en un centro comercial y compraríamos productos franceses: paté, quesos, champán, y después de pasar la tarde en la playa cenaríamos en cualquier restaurante caro de la zona. Los dos primeros puntos se cumplieron según lo establecido y hacia las cuatro ya estábamos en la playa. Aún no había empezado la temporada de baños, así que no había socorrista ni bandera roja ni tampoco gente. Hacía bastante calor. El mar parecía tranquilo a pesar de las olas, pero es que en Anglet no hay un solo día sin olas. De pronto, Daniel y Catalina empezaron a discutir. Daniel quería marcharse y dejarnos a los dos niños en la playa con mi madre. Dijo que se ausentaría un par de horas y que eso no era para hacer un drama. Pero Catalina, como casi siempre, estaba a punto de llorar.

–En medio de la pelea escuché la palabra *casino*. Debe de haber un casino en Anglet o cerca de Anglet y a mi padre siempre le han gustado los casinos –explicó Julia a Talú guiñándole un ojo.

La pelea iba subiendo de tono y Julia, para quitarse y quitarme de en medio, me cogió de la mano y nos fuimos hasta la orilla a saltar olas.

–Te encantaba saltar olas, Dani, no pedías otra cosa. Todavía me acuerdo del bañador que llevabas, a rayas blancas y azules. Y eso que lo perdiste en el agua.

La arena de Anglet era gruesa y arisca, llena de piedras afiladas. Yo protesté porque se me clavaba en los pies, así que Julia decidió que avanzáramos un poco para ver si más adentro se suavizaba. Pero qué gran error. El desnivel era profundo, las olas altas, mucho más altas y peligrosas de lo que parecían desde la arena y, como la marea bajaba rápidamente, había una resaca terrible, difícil de controlar. Julia quiso retroceder, pero enseguida fue demasiado tarde. Cada ola nos empujaba contra las piedras, no habíamos salido de una cuando venía la siguiente, así que rodábamos bajo el agua como patitos de goma. Para cuando Julia pudo darse cuenta, no hacíamos pie, nuestras manos se habían soltado y desaparecíamos tragados por las olas.

–Te conviene saber, Dani, que viviste un momento muy dramático, estuvimos a punto de morir y esa imagen se te aparece porque se guardó en tu subconsciente, como se guardan todas las situaciones vividas aunque luego no se recuerden.

«Un niño pequeño volteado por las olas, sumergido, casi ahogado. Traga mucha agua, la angustia es total. Como el fondo es muy áspero y las olas tienen mucha fuerza, el niño nota en cada sacudida que se le arranca la piel...», desde luego ambas descripciones coincidían, por fin conocía el origen de mi miedo al agua.

Gracias a que mis padres seguían discutiendo, Daniel no se había marchado todavía y al vernos en peligro se tiró al agua para salvarnos. Y no lo tuvo fácil. Estaba vestido, solo le dio tiempo a quitarse los zapatos. A mí me sacó casi inconsciente y con la espalda en carne viva. Y a Julia no la sacó mucho mejor. Catalina corría por la playa pidiendo socorro y una chica joven que sabía primeros auxilios me reanimó. Por la zambullida, a Daniel se le estropeó el móvil, perdió las llaves del coche nuevo y tuvo que poner a secar sobre la toalla mil y pico euros que llevaba en billetes de cincuenta en un bolsillo del pantalón.

Nos echamos a reír al dar Julia esos detalles, pero ella de pronto se puso seria. La voz le temblaba ahora como cuando se sopla el papel de fumar.

–Cuando los billetes se secaron, nos marchamos en un taxi. No hubo casino para él ni restaurante caro para todos. Papá no pronunció una palabra en todo el trayecto.

Nada más entrar en casa, pidió a Julia que le entregara su libro de cuentos *Leyendas casi ciertas de los cinco océanos*. Dijo que por tanto leer historias sobre personas que no temen al agua se estaba trastornando. Que era una mala influencia. Que había sido una inconsciente. Que se había portado muy mal. Y se lo confiscó.

–No tuve la culpa de haber estropeado el día, de que Dani casi se ahogara, de verdad, pero me he pasado la vida intentando pagar esa deuda.

Y miró a Talú, solo a él, como si Telmo y yo fuéramos demasiado pequeños para entender el sentido de sus palabras. Pero, por entonces, algo ya sabía yo de deudas.

Julia tenía los labios con las comisuras hacia abajo y en la barbilla, como una herida reciente, restos de salsa de tomate. Talú cogió amorosamente la servilleta y con mucho cuidado limpió la mancha. Luego Julia se levantó, se preparó. Después fuimos los cuatro a la playa, como una familia estructurada.

Sí, por fin conocía el origen de mi miedo al agua. Y fue un alivio porque, una vez conocido, podía plantarle cara.

Me situé frente a las olas queriendo sentirme un titán. Has crecido, me dije, ya no eres un niño pequeño sin fuerza, ahora pesas cincuenta kilos, sabes nadar y hacer inmersiones, y esto no es Anglet, aunque pertenezca al mismo océano.

Me hice la ilusión de que, si me burlaba del mar, el mar perdería arrogancia y se sometería a mí, como se sometían a la Canuta los chavales menospreciados del pueblo. Y si el mar se sometía, no digamos la laguna, a la que tenía que volver.

Sin canoa.

Sin Maricarmen.

Sin falta.

–Esa niña, Dani, me gusta –dijo Julia al volver a ver a Maricarmen.

Luego llegó la noche y Talú quiso quedarse en nuestra casa, pero Julia solo sonrió y su sonrisa era como una cordillera de montañas.

–Otro día –dijo convencida de que ese día no llegaría, que no habría «otro día» jamás.

Antofagia

Una mañana estaba mirando la maceta de verbena desde la ventana, cuando oí sonar el móvil de mi hermana. Miraba la maceta porque volvía a tener capullos, muchísimos, y oí el móvil porque, aunque Julia dormía en la planta de arriba, su teléfono estaba abajo, en la cocina. Como no paraba de sonar, me acerqué y vi en la pantalla un número desconocido. Dudé, pero al final lo cogí sintiéndome un asqueroso cotilla.

–¿Sí? –pregunté.

Durante un buen rato, solo escuché una respiración asmática muy fuerte, y eso fue el primer signo de alarma. Repetí:

–¿Sí?

Todavía pasaron varias respiraciones hasta que me llegó una voz de hombre fatigada.

–Shirley..., ¿eres Shirley? –dijo la voz.

Como yo aún no había terminado de dar el cambio, sé que mucha gente confundía mi voz con la de Julia, y el hombre que había al otro lado del teléfono debía de ser uno de tantos.

–Sí –dije con cautela. Pensaba usar el mínimo número de palabras para ocultarme.

–Shirley, mi joven señorita Shirley... Como ves, he averiguado tu nuevo teléfono. Da igual que cambies de número, siempre daré contigo. Pero dime que te encuentras bien, quiero oírlo.

–Sss... sí –tartamudeé.

–¿Cómo?

–Sí –repetí.

–Excelente. También quiero oírte decir que la señorita Shirley no abrirá la boca.

Tenía esa voz un timbre maligno que me asustó. No pude articulara palabra.

–¿Me oyes? ¿Me oyes, Shirley? Repito: quiero que digas bien alto que la señorita Shirley no abrirá la boca –insistió la voz de hombre perdiendo la paciencia.

–Sss... sí –titubeé.

–¿Cómo, sí? ¿Eso quiere decir que hablarás?

–Nnn... no. Quería decir... no.

–No ¿qué?

–Que no hablaré.

–Excelente, excelente. Necesitaba asegurarme de que lo recordabas. Ya sabes que si la joven señorita Shirley habla, el señor de la pistola se enfadará y los papás de la joven señorita Shirley pagarán caro el enfado.

Y colgó.

Me quedé en estado de *shock*, quieto con el móvil en la mano. Tuve que repetirme en voz alta la conversación para asegurarme de que no la había soñado. Bueno, esa llamada lo cambiaba todo, la situación de mis padres, todo.

O no cambiaba nada, salvo mi equivocado conocimiento de la historia. Otro bajón.

No sabía si hacía lo correcto, pero cuando Julia se levantó y se juntó con nosotros, en vez de confesar, me callé como un muerto.

Y como se pasó la hora de la comida mirando la pantalla del móvil, los mensajes, las llamadas, sin hacer ni un comentario, me hice la ilusión de que no me había descubierto y que la pifia quedaría impune.

–Dani –me dijo durante la siesta de Telmo–, a las 10:47 exactamente, este móvil –lo meneó a un centímetro de mi cara– ha recibido una llamada de un número sin identificar. Alguien ha contestado esa llamada y da la casualidad de que no he sido yo. ¿Tú sabes algo de eso?

Puede parecer extraño, pero no me acobardé.

–Y tú: ¿sabes algo del señor de la pistola?

A Julia se le demacró la cara.

–¿Qué dices?

–Digo que creo que Tinieblas es el que ha llamado. Digo que creo que papá y mamá no trabajan para Tinieblas, *son* prisioneros de Tinieblas.

Y le conté la conversación, ahora sí, sin dejarme ni una coma.

–Miserable curioso, metomentodo, fisgón –dijo con rabia–. ¿Quién te crees que eres para meterte en mis cosas?

–No son solo tus cosas, también son mis padres. Exijo saber qué pasa, estoy harto de ser el idiota de la casa.

–Pues ya lo has oído, no puedo abrir la boca.

—¿Cómo que no? ¿Ni con tu hermano? Esto parece un delito: no se comenta, no se habla de ello con nadie. No soy un charlatán, ya deberías saberlo.

En uno de los Coyotes que leí por esos días se cuenta una historia escalofriante y, al parecer, real. Joaquín Murrieta, antes de ser el bandido que atemorizó a toda la California yanqui en los años cincuenta del siglo XIX, era un joven mexicano recién casado que buscaba enriquecerse honradamente en los yacimientos de oro del norte. Murrieta sospechaba que los gringos del yacimiento lo odiaban por considerarlo un intruso extranjero y tenía miedo de ellos. Miedo de que lo atacaran y miedo de que se encapricharan de Rosita, su mujer, demasiado hermosa para vivir en aquella tierra de hombres. Pero Rosita no desconfiaba de sus vecinos, le parecían infantiles y torpes e incluso se reía con sus piropos sin gracia. «¿Ocurre algo, Joaquín?», le preguntó un día que leyó el desaliento en su rostro. «No, nada, nada», respondió él tratando de tranquilizarla. Al día siguiente, cinco mineros del yacimiento se presentaron con sus ropas sucias de barro y sudor en la casita de adobe que Murrieta había construido con sus propias manos. Iban en busca de pelea. Golpearon a Murrieta hasta dejarlo inconsciente. Violaron y mataron a Rosita. Prendieron fuego a la casa... Uf, no podía recordar esa escena con indiferencia a pesar de haberla leído varias veces. «No, nada, nada», había mentido Murrieta ocultando a Rosita toda la dimensión del problema.

Julia y yo estábamos sentados en las escaleras del porche, como tantas otras veces, un espacio familiar que bien poco nos acercaba. De pronto, sentí que los secretos que guardábamos nos estaban colocando a kilómetros de distancia y que lo que sabíamos el uno del otro era apenas nada. Así que le repetí que exigía saber qué pasaba.

Entonces Julia empezó a llorar ruidosamente. Lloraba con la cara descubierta frotándose los ojos y se tiraba del pelo, ese pelo tan corto que apenas conseguía enganchar con las puntas de los dedos. ¿Por qué lo tenía así si ella siempre había odiado el pelo corto? Le cogí la mano, aunque habría querido abrazarla, animarla con palabras de consuelo. Pero ¿qué consuelo birria puede ofrecer un crío de catorce años y medio?

–Tengo miedo, Dani, tengo mucho miedo. No puedo vivir con este miedo –sollozó.

–¿De qué? ¿De quién tienes tanto miedo? ¿De Tinieblas?

–De Tinieblas y de cosas que todavía no sabes de Tinieblas.

–Basta de secretos. Yo también tengo que contarte algo que todavía no sabes.

Me miró. Tenía la cara roja e hinchada y casi no se le veían los ojos.

–Qué. Vamos, di. Qué –apremió.

Por toda respuesta, subí a mi cuarto y bajé con el cuaderno de bitácora.

–Lee –dije entregándoselo. Y lo leyó tan despacio que pensé que nunca lo terminaría.

–Vaya con el confidente –dijo al fin–, ¿qué voy a hacer contigo? Encontraste la canoa...

– La encontró Telmo. No está prohibido tropezarse con cosas, que yo sepa.

–Y entraste a la laguna. Pero si casi no sabes nadar, no me lo puedo creer. ¿Qué viste allí?

–Vi el bulto que apareció flotando justo cuando papá y mamá se marcharon. Es una boya con una horrible cara de payaso.

–¿De payaso?

–Sí, de payaso.

–Dime qué más había.

–La boya tenía una cadena que llegaba hasta el fondo. La cadena estaba enganchada a una caja.

–¿Qué tipo de caja?

–Una caja metálica.

–¿La cogiste?

–No pude.

–¿Qué había dentro?

–No lo sé, la caja estaba cerrada.

Julia se quedó pensativa unos segundos.

–Esa caja es para mí. No sé lo que contiene, pero es para mí.

–¿Cómo lo sabes?

–Me lo dijo papá antes de irse con mamá a la Ciudad Azul.

–¿Qué te dijo?

–Hablamos mucho rato. Me dijo: Hay una canoa camuflada cerca de la laguna. Solo tú debes saber que existe. Si cuando acabe el verano tu madre y yo no hemos regresado, tal vez no regresemos ya. Úsala entonces para entrar en la laguna y recuperar tu libertad.

Noté como un mareo.

–¿Qué quiere decir eso? ¿Que no van a volver? No parece una frase de papá.

–Pues lo es. Nada más oír aquello supe que había algo importante que me pertenecía y que estaba esperándome en alguna parte de la laguna. No sabía qué era, ni tampoco lo sé ahora. Sin embargo, todo encaja: una canoa escondida por papá, una boya que aparece cuando se marcha papá, el mensaje de papá... Sí, esa caja es para mí, no hay duda. ¿Entiendes ahora por qué protejo la laguna? De Gallito o de cualquiera. Lo que hago es proteger mi libertad.

–¿Qué libertad? ¿Acaso tú tampoco eres libre?

Tuve la impresión de que Julia no escuchó o no quiso escuchar estas últimas preguntas.

–Y hablando de Gallito, menudo elemento está hecho. Yo creyendo que era policía y resulta que le han quitado la placa por portarse mal, eso se comenta en todo el pueblo.

Ni repliqué. El tema Gallito me resbalaba. Lo que me importaba de verdad era otro tema que me tocaba de cerca y que tenía el nombre de Tinieblas y de mi hermana.

Julia estaba sentada a dos pasos de la maceta de verbena y sin más ni más empezó a arrancarle los capullos. ¿Y qué dirás que hizo? Se los comió. Como suena. Se los iba comiendo uno a uno con una tristeza que asustaba. No disimuló la hazaña ni se escondió de mí; habíamos dado fin al tiempo de los secretos. Y yo la miraba espantado mientras asimilaba lo mejor que podía la conclusión al enigma de la maceta sin flores. No, Daniel y Catalina no volverían a casa, al menos de momento, y para no sucumbir a pensamientos tan negros me marché con la mente a una palabra de la colección de palabras bonitas de Talú, aunque esta no era precisamente bonita: antófago, individuo que se alimenta de flores.

–Dani –dijo Julia levantándose del escalón–, el verano se acaba, los días son cada vez más cortos, solo tú te estiras a paso de gigante –sonrió; su sonrisa era como un puente–, y yo me siento muy cansada.

Entonces, no tuve más remedio que gritarle porque se metía en casa.

–¡Espera! ¿Qué son esas cosas que te dan miedo y que todavía no sé de Tinieblas?

–Mañana, Dani, mañana. Ahora tengo que salir. Cuida de Telmo. Te lo contaré todo mañana.

Tinieblas
(tercera parte)

Ya era mañana. Ella habló así:

–El doctor Magnus Azrael fumaba tranquilamente de su narguile mientras Tinieblas leía todo un folio de papel escrito a mano. Tan flaco que costaba pensar que no estuviera enfermo, su presencia tenía sin embargo tanta fuerza que la gran corpulencia de Tinieblas no conseguía imponerse ante la clara superioridad de aquel hombre.

»–Tiene que firmar que está de acuerdo –le dijo cuando terminó de leer.

»Tinieblas se llevó la mano al bolsillo de la americana buscando su bolígrafo y, cuando lo hubo sacado, el doctor Magnus Azrael se lo arrebató.

»–No lo necesita –dijo haciendo una seña a sus tres fornidos guardaespaldas.

»Lo que siguió a continuación fue violento y extraño. Cuando el doctor acercó una barra de lacre a la llama de su mechero, dos de los tres fornidos guardaespaldas agarraron a Tinieblas de los brazos mientras el tercero se hacía con sus pulgares por la fuerza. Y también por la fuerza aquellos pulgares se estamparon en el lacre recién vertido en el folio. De nada sirvió la resistencia de Tinieblas; en un momento, el aire de la habitación se llenó de la mezcla del olor a lacre con el de la piel quemada. Pero los alaridos de Tinieblas no se mezclaron con ningún otro sonido porque en la casa del doctor Magnus Azrael reinaba el más absoluto silencio.

»Magnus Azrael contempló la firma sin inmutarse y luego guardó el documento en una carpeta.

»–Sus huellas dactilares han desaparecido de sus dedos y han pasado a mi poder. Ya es uno de los nuestros. Como presidente del Grupo Experimental, permítame que le ofrezca un regalo de bienvenida.

»Y le entregó una pistola que las manos doloridas de Tinieblas no pudieron sostener.

»–Esto es lo que debe llevar de ahora en adelante en el bolsillo –dijo el doctor Magnus Azrael. Y de nuevo con una simple seña hizo que sus tres fornidos guardaespaldas curasen y vendasen los pulgares abrasados de Tinieblas.

–¿Cómo sabes todo eso si es una parte de la historia que no viste? ¿Te lo inventas? –pregunté a mi hermana–. Pero enseguida me arrepentí de haberla interrumpido y decidí dejarme arrastrar por la emoción y el misterio que me brindaba la fabuladora.

–Sonsaco, investigo, deduzco, ato cabos... Y sí, lo que no sé, me lo invento –respondió Mamelai sin una gota de vergüenza.

»Julia conoció a Tinieblas en un barco que hacía la ruta a África. Era su primer viaje al extranjero, pero no hubo planes previos ni maletas con ropa de veraneo ni guías turísticas ni cambio de moneda. Nada. Poco sabía sobre su futuro trabajo, salvo que debía cuidar a una anciana moribunda para ayudar a Daniel a pagar una deuda contraída con Tinieblas. Pero Julia no ignoraba que la deuda era sobre todo emocional, una deuda de ella hacia su padre por haber tenido mal comportamiento.

»La distancia más corta entre dos puntos, Dani, no es la línea recta como dicen las matemáticas: es el letargo, el sopor. Julia se adormilaba sin voluntad por el efecto de un bebedizo, así que el trayecto en barco no le quedó registrado con efecto tiempo. Esto que te cuento sucedía unos días antes de la Navidad y por esas fechas a Tinieblas ya se le habían cicatrizado los pulgares, ya había adquirido la casa de la Ciudad Azul y ya llevaba una pistola en el bolsillo de la americana.

»La Ciudad Azul era bonita y era también fea, como la mayoría de las ciudades. Allí, en una casa muy grande y muy apartada del centro, vivía Julia con cuatro mujeres de cuatro razas distintas y que hablaban cuatro idiomas...

–¡Eh, eh! –le corté–. ¡Eso ya me lo has contado!

En otras circunstancias lo habría escuchado gustoso de nuevo, pero entonces ardía de curiosidad por saber el verdadero desenlace de la historia.

–¿Ah, sí? Chico, tienes una memoria... ¿Y dónde me quedé?

Se lo dije. Se había quedado en la primera vez que ella salió de la casa con Tinieblas y en que regresó al cabo de unos días con un turbante en la cabeza y con un tatuaje detrás de la oreja, como Panga-Panga.

Julia tuvo un escalofrío y eso que hacía bastante calor.

–Dani, antes de seguir quiero que sepas que vamos a entrar en un jardín más intrincado y espeso que una selva.

–¿Sí? Pues lo estoy deseando.

–¿No prefieres vivir en la ignorancia? Debo avisarte de que el terreno que pises será resbaladizo como un camino de barro.

–Me apetece patinar.

–Habrá momentos en los que te sientas atrapado en un cenagal de arenas movedizas.

¡Pero bueno! ¿Cómo convencerla de que a esas alturas del verano a mí ya no me afectaban las metáforas?

–¿Será un jardín intrincado, resbaladizo y cenagoso de verdades? –pregunté.

–Sí.

–Entonces, adelante.

El tatuaje

Veamos: Cuando uno tiene la sangre enferma, la trasfusión de un donante sano la mejora o le devuelve la salud, eso se entiende, ¿no? Pues en algo parecido consistía, según mi hermana, el experimento revolucionario del doctor Magnus Azrael, en una trasfusión, y las cuatro mujeres de la casa de la Ciudad Azul y Julia habían sido elegidas por Tinieblas como donantes.

El día que Julia fue seleccionada para acompañar a Tinieblas hacía calor, a pesar de ser enero, seis de enero, y Julia recordó otros seis de enero ya lejanos, en el norte, días de mucho frío en los que ella y yo madrugábamos para abrir los regalos de Reyes que había junto al abeto. Cuando Catalina se levantaba algo después nos encontraba jugando ateridos y felices. Pero ese seis de enero no hubo abeto en la casa de la Ciudad Azul y, mientras se dejaba tapar los ojos y subía a un vehículo que no veía, Julia pensó que quizá alguien en otro lugar habría dejado un regalo para ella y que sería lamentable que ella nunca viera ese regalo.

–Por entonces Julia era aún bastante ingenua, aunque en los próximos días perdería por completo la inocencia –puntualizó mi hermana–. Y antes aún que la inocencia, Dani, perdería la melena.

Del lugar a donde la llevaron (con los ojos tapados), lo que más recordaría después era el silencio, un silencio como de tumba, y la verdad es que aquel sitio parecía una tumba. Y no solo por la falta de luz natural, sino también por la temperatura, mucho más fría que la temperatura de fuera.

–Seguramente el edificio estaba escondido bajo tierra, como una catacumba –dedujo mi hermana por su cuenta.

Nada más llegar, le dieron algo que le hizo dormir profundamente. Tan profundamente que Julia soñó que dormía profundamente abrazada a su payaso de trapo, un viejo, roto y feo muñeco de la infancia que todavía conservaba a pesar de que Daniel lo llamó «porquería» y lo tiró al cubo de la basura en la última mudanza. Solo que Julia lo rescató y desde entonces lo guardaba más por rebeldía contra el gesto de Daniel que por el valor sentimental que pudiera tener el muñeco.

Sin saber cuánto rato había pasado dormida, Julia se despertó en una cama blanca sanitaria junto a una mujer que la atendía. Pero ni aquello era un hospital ni la mujer parecía una enfermera, sobre todo por la ropa que llevaba: túnica negra hasta los pies y negro chador, y tenía la cara y las manos tatuadas con muchas rayas y dibujos geométricos.

Y entonces Julia se tocó la cabeza dolorida y descubrió que estaba lisa y redonda como una pelota de playa. Preguntó dos, tres veces, qué era aquello, qué había pasado, sin que obtuviera respuesta. Y, entonces, un gran grito de desesperación, de impotencia, de nerviosismo, de pena, se le formó en la garganta, pero no pudo liberarlo porque Tinieblas acababa de entrar en la habitación y daba golpecitos rítmicos con la mano en el bolsillo de su americana.

Julia había descubierto también una venda en el principio del cuello, detrás de la oreja izquierda. Debajo había un tatuaje todavía tapado para que no se infectara, y era precioso, le dijeron, obra de la mujer del chador, que era una experta. Le contaron que significaba muchas cosas y que tenía muchos valores: la defendería de ciertas enfermedades, la protegería de malos espíritus, le ahuyentaría el dolor. Pero nada de eso le importaba, nada escuchaba, solo lloraba sin consuelo por su melena perdida.

Más adelante entendería que el tatuaje estaba donde estaba porque era en realidad el camuflaje de la cicatriz de varias incisiones. Y mucho más adelante aún averiguaría la función de esas incisiones: la trasfusión. Antes de volver a la casa de la Ciudad Azul, la mujer del chador enseñó a Julia, que ya no era Julia, a enrollarse un complicado turbante alrededor de la cabeza como el de las otras mujeres de la casa.

Julia o Shirley o la que fuera enfermó gravemente. De tristeza, dijeron, que acaso sea aún peor que la melancolía o el aburrimiento si es que todo ello en el fondo no es la misma cosa. No paraba de llorar. Panga-Panga no sabía cómo consolarla. Un día, Tinieblas le mandó que recogiera sus cosas y que lo acompañara. Ella se echó a temblar. Pero no la llevó a la catacumba, sino al puerto, también con los ojos tapados para que no memorizara el recorrido. Allí la mandó subir a un barco y en ese barco ella regresó a casa.

–Y menos mal que regresé, porque si no salgo de allí a tiempo seguramente habría muerto –terminó mi hermana.

Y se calló, como si quisiera perversamente que yo asimilara bien la palabra *muerto* para no sentirse sola ante tanto sufrimiento. Pero no hacía falta, porque para entonces yo ya patinaba y derrapaba por el camino de barro.

–¿Qué fue de Julia, según tú? –pregunté intoxicado de pena.

–Sin inocencia, sin melena, sin lo que perdió en la trasfusión, como comprenderás Julia ya no era Julia, al menos la Julia que había salido de esta casa. Por no hablar de los nuevos documentos. ¿Entiendes ahora por qué tengo tanto miedo de Tinieblas? Pienso que lo que le di pudo gustarle demasiado, que tal vez quiera otra trasfusión, y eso me aterra. ¿Entiendes por qué lo que Tinieblas quiere de mí no es negociable?

–Claro que lo entiendo, pero podrás negarte. Esto es un país libre.

–Dani, hijo, ¿en qué mundo vives? ¿Nunca has oído hablar de chicas desaparecidas, de secuestros? Además, Tinieblas cree que le pertenezco. Ya te he contado el trato que hizo con papá y que papá tuvo que aceptar porque le debía mucho dinero.

–¡Pues habrá que denunciarlo a la policía antes de que te secuestre! –dije en un arrebato–. Si no lo haces tú, lo haré yo.

–¡Denunciarlo! Tú no sabes lo que dices. ¿Y confesar que papá me envió con él para pagar sus deudas? ¿Y con qué pruebas? ¡Si ni siquiera sé dónde estuve! En la ciudad del matasellos, no; te lo puedo asegurar. Marruecos es muy grande y esa gente es muy poderosa. Y ya has oído las amenazas. No puedo hablar mientras papá y mamá estén con Tinieblas. ¿O quieres que lo pasen mal?

–¿Papá y mamá sabían lo de la trasfusión?

–¡No! ¿Por quién los tomas? Yo no se lo dije; no podía. No me dejaban usar el teléfono y todas las cartas que escribía a casa eran dictadas por Tinieblas. Ellos pensaban que yo trabajaba con la anciana moribunda, a la que ni conocí. Tinieblas nos engañó a todos.

–Pero volviste a casa cuando pasaron unos meses...

–Porque papá se enteró de que algo no iba bien y me rescató.

–¿Cómo te rescató?

–Papá hizo un nuevo trato con Tinieblas: se cambiaría por mí y trabajaría para él hasta que pagara completamente la deuda. Parece que Tinieblas aceptó el nuevo trato, pero tengo miedo de que se haya arrepentido.

–¿Mamá también era parte del trato?

–No, ella no, te lo dije; simplemente, no quería dejar solo a papá, ya la conoces, aunque le costó tomar la decisión de acompañarlo. Pero como yo también tenía una deuda con ellos, me ofrecí a cuidar de la casa y de vosotros en su ausencia.

–¿Una deuda?

–Sí, una deuda emocional, que es peor que cualquier deuda material, porque solo se termina de pagar cuando el acreedor, en este caso papá, te libera de ella.

–¿Pero por qué te raparon? No conozco a nadie que le rapen la cabeza para donar sangre. La madre de Pantxo era donante y tenía todo el pelo.

Julia me miró como si de pronto tuviera delante al tonto del pueblo.

–Venga, Dani, ¿me tomas el pelo?

–¿El pelo?

–Pensaba que lo habías entendido.

–¿Qué tengo que entender?

Entonces ella empezó a irse por las ramas, como siempre, y dijo cosas sobre el color de lo que donó: «Gris, Dani, no rojo; materia gris». Y sobre la imposibilidad de regenerarse: «No como la sangre perdida, que se regenera fácilmente». Cosas, en definitiva, que todavía me liaban más, palabras de espuma que se descomponían antes de ser interpretadas.

–¿Entonces...? –pregunté desde la calle más escondida y oscura de Babia.

–Está bastante claro, Dani, chico: la trasfusión no era de sangre, era de cerebro.

El payaso

Sí, el payaso de trapo era feo y estaba sucio y roto. Telmo casi nunca lo llevaba de la mano. A veces jugaba con él, estaba en el suelo del porche y un instante después sobre la repisa de la televisión.

No era cierto que Julia lo quisiera, nadie lo quería ya, pero ahí seguía como bandera de una rebelión y ahora yo lo miraba y lo estaba valorando de otra forma.

Porque Julia, mientras estuvo dormida en la catacumba, había soñado con él.

Porque la boya de la laguna tenía pintada una cara de payaso.

No podía tratarse de la casualidad, tenía que ser una señal y, nada más aceptarlo, me crecí.

Cogí el payaso y miré debajo de su sombrero, un lugar muy apropiado para guardar dinero, para esconder una pista, para todo. Pero no había nada. Entonces lo palpé, le quité la ropa y metí el dedo en el descosido de la pierna porque había notado algo. Telmo me ayudaba desgarrando, sin poner mucho cuidado, con la seguridad de que importaba bien poco lo que rompía.

Hasta que apareció. Un sobre doblado en varios pliegues dirigido a la familia Federico y con la dirección de la Casa del Alto. Un sobre sin remite. Dentro había un papel con un mensaje en letras mayúsculas que alguien había leído ya porque el sobre estaba abierto. El bolígrafo utilizado era de color azul. Ponía:

RESCATAR JOVEN CHICA BLANCA
O JOVEN CHICA BLANCA MORIR
GRANDE GRANDE SECRETO
NO CONTAR SECRETO O P-P MORIR
P-P

Al sacar el papel del sobre, una llave cayó al suelo inacabable del porche. Telmo se apresuró a cogerla y la llave, sin ser grande, creció ante mis ojos en sus pequeños dedos por alguna ley de proporción entre cuerpos de diferentes tamaños.

Era mediodía. El sol nos daba de cara. El viento movía la arena de las baldosas en grupos de remolinos idénticos y sacudía las nubes como camisetas puestas a secar; el cielo estaba incoloro. Posiblemente tanta luz hizo que mi cabeza, antes estúpida, ahora se iluminara: la carta venía de Marruecos, ya era capaz de reconocer sin ayuda el lugar del matasellos.

La joven chica a punto de morir, por la fecha del matasellos, se trataría de Julia.

Obviamente, quien había escrito el mensaje lo había hecho a espaldas de Tinieblas.

Si Tinieblas se enteraba, quien había escrito el mensaje moriría aplastado o aplastada como una miserable cucaracha. (Y, por lo que iba sabiendo de Tinieblas, lo creía muy capaz de hacer tal cosa.)

El mensaje venía firmado por P-P.

Recordé lo mucho que la Panga-Panga de los relatos de mi hermana se preocupaba por ella y lo que se esforzó por ayudarla cuando enfermó de tristeza. Recordé que esa misma Panga-Panga había aprendido palabras de nuestro idioma con los cuentos de la fabuladora.

Así que P-P solo podía significar Panga-Panga.

En algún rincón de mi cabeza algo explotó de alegría: era tener la certeza, por fin, de que las historias de Julia, más allá de las metáforas, más allá de lo inventado, eran, en esencia, verdaderas.

Creo que empecé a admirar a esa mujer valiente de enormes labios africanos a partir de ese momento... si es que no me había fascinado ya desde la primera fábula escuchada.

Y me la imaginé memorizando nuestra dirección mientras Julia la escribía en los sobres de las cartas llenas de mentiras que luego Tinieblas enviaba a casa. Y me la imaginé también juntando palabras a escondidas con un bolígrafo azul y sorteando después todo tipo de obstáculos para conseguir que el mensaje llegara hasta mis padres. Quizá la ayudó la mujer del chador, quizá era Panga-Panga la confidente y tenía ciertos privilegios; nunca lo llegaríamos a saber, pero en realidad eso bien poco importaba.

Lo que importaba era que el puzle iba ajustando sus piezas una a una: un mensaje había llegado a nuestra casa; Daniel se había enterado de la situación desesperada de Julia por ese mensaje y decidió rescatarla haciendo un nuevo trato con Tinieblas. Por precaución había escondido el mensaje (y la llave) en el payaso de trapo, un escondite increíble, la verdad, y así protegía de posibles fisgones la única prueba que tenía de la crueldad y el engaño de Tinieblas. Después se agenció una boya y pintó en ella una cara de payaso para que Julia y nada más que Julia encontrara el mensaje (y la llave) si era capaz de relacionar ambos payasos.

Y no hacía falta ser un lince o un Coyote para adivinar a qué cerradura de qué caja metálica sumergida en la laguna pertenecería esa llave.

Sin poder precisar si Daniel, con el tinglado que había montado, era más retorcido que prudente, corrí a enseñarle a Julia el hallazgo y mientras subía las escaleras de dos en dos oí un grito que seguramente había dado yo. Un grito de euforia porque a la vez que completaba el puzle de la historia de mi hermana, el mío, el de mis sentimientos, se ajustaba también. Porque supe de pronto que aunque todo fuera mal, aunque todo fuera tan mal que no pudiera ir peor, no estábamos solos; en algún lugar del planeta teníamos unos padres.

El registro

A Telmo se le cayó el primer diente por la tarde, mientras merendaba. Lo traía en la mano como un trofeo y abría la boca enseñando el hueco sanguinolento de la encía. Estaba impaciente porque por la noche vendría el ratón y le dejaría algún juguete bajo la almohada. No sé quién le había hablado del ratón, yo no, desde luego; seguramente, Julia y ahora ella no estaba en casa.

Como todos los días a eso de las seis, cuando calentaba menos, bajamos a la playa. Pensaba dejar a Telmo un momento con la Banda al cuidado de Maricarmen y, mientras, yo iría al quiosco del señor García a comprar cualquier baratija adecuada a mi economía achuchada para que mi hermano a la mañana siguiente no sufriera una fuerte decepción y le quedara un trauma.

Y eso hice. No recuerdo lo que compré, pero recuerdo que, al volver a la playa con el regalo escondido en la mochila, Maricarmen se me acercó y dijo que tarde o temprano acabaría saliendo con ella. Lo dijo delante de todos, y nada más decirlo se empezó a reír. Llevaba un bikini del mismo color que su pelo. Luego me miró:

–Vamos, di algo.

Qué podía contestar. Me caía bien y me sentía importante delante de los otros por interesar a la chica más solicitada de todas, pero eso no era suficiente para que me gustara y forzarme a esa atracción podía provocar justamente lo contrario. Me encogí de hombros. Dije:

–A lo mejor.

Y nos pusimos a jugar al balón en la zona de la arena prieta. Las chicas chutaban peor, salvo la Canuta, pero eran más ágiles y regateaban de maravilla.

Al cabo de un rato, Telmo quería irse a casa. Tenía miedo de que se echara la noche, llegara el ratón y, al no verlo en la cama, pasara de largo. Intenté entenderlo. Intenté recordar que hubo para mí un tiempo parecido, pero lo veía borroso, como si quedara demasiado lejos. Me daba pena Telmo, no lo podía evitar, ningún niño debería estar fuera de su casa y sin sus padres la noche de su primer diente, así que le dije que de acuerdo. Pero los gemelos insistieron en que nos quedáramos porque necesitaban dos elementos más para jugar un partido de fútbol en condiciones. Me alegré tanto de que contaran con nosotros que les costó poco convencerme.

Luego fue un chapuzón en las olas, más tarde una carrera de obstáculos, después de nuevo el balón... Y así, los gemelos me iban proponiendo planes que yo no quería rechazar. La verdad es que me sentía muy bien, por fin era admitido sin condiciones por las chicas y por la Banda.

Pero anochecía y Telmo se merecía una velada hogareña en la que esperar tranquilamente al ratón, no una olimpiada playera, así que nos marchamos para casa.

Y cuando llegamos y entramos...

No hay gran cosa que decir, todo revuelto (más que de costumbre), fuera de su sitio, fuera de los cajones, de los armarios, los libros y la ropa por el suelo, los papeles sacados de las carpetas, los tarros de la cocina abiertos, el caos, un horror. Pensé en ladrones extraños o chapuceros porque, aparentemente, no faltaba nada de valor: ni la televisión, ni el abrigo de piel de Catalina, ni el reloj de mi Primera Comunión.

Y pensé en otro tipo de ladrones buscando otro tipo de cosas y eso me pareció más peligroso.

Hasta que Telmo las encontró y me las enseñó tan ufano como antes me había enseñado su diente: unas gafas de sol en el suelo que el supuesto ladrón había olvidado o perdido y eran las inconfundibles gafas de espejo de Gallito.

Vi clara la conspiración: los gemelos reteniéndonos en la playa con la excusa de jugar a diferentes juegos cuando jamás, en otras circunstancias, me habrían insistido para ello; los gemelos engañándome con una falsa idea de amistad; los gemelos despejando el terreno para que su padre actuara sin peligro. Pero era una trama que jamás podría demostrar y los gemelos negarían su participación hasta quedarse afónicos, como si lo viera. Creí morirme de rabia, una rabia que iba más allá de ser víctima de un registro, una rabia con la que no me podía quedar porque estaba infectada de un veneno que actuaría en mi contra. Era la vergüenza de haber confiado en Gallito, a pesar de las advertencias de mi hermana. Era la envidia por una armonía familiar que me ofendía porque a mí me faltaba o quizá nunca la tuve. Era la humillación de haber creído, una vez más, que la Banda me aceptaba.

Habría querido ser un superhéroe y hacer justicia aniquilando a todos de un manotazo. ¡Zas! O habría querido ser mayor, como Talú, para poder enfrentarme a ellos de palabra con argumentos firmes y poderosos. Pero solo era un pobre crío de catorce años y medio.

Entonces, tiré al suelo las gafas de espejo y las pateé como si pateara a Gallito, a los gemelos, a toda la Banda. Como si pateara mi rabia. Las pisé hasta que los cristales quedaron convertidos en un montón de añicos.

Telmo lloraba porque su coche preferido había aparecido roto, así que le mandé a la cama. Luego llamé a Julia, pero no cogió. Lo normal. No podía más. Mientras rumiaba mi amargura en completa soledad, mandé un mensaje a los gemelos diciendo que me había dado cuenta de todo, que eran peña chunga y que su padre era un policía corrupto. Me contestaron enseguida: no estaba bien de lo alto, tenía una *majá* muy gorda y me iban a partir la boca por *flipao*, por pajarraco y por *canco*.

Ni me inmuté; solo los muy asqueados pueden hacerse los valientes porque tienen poco que perder.

Un paseo de noche en bicicleta

Maricarmen llegó al poco rato en su bici de montaña y fue un respiro, aire entrando en un agujero subterráneo.

–Me acabo de enterar –dijo pasando los ojos por la magnitud de la catástrofe–. Es horrible, horrible.

Me abrazó como si me estuviera dando el pésame.

–¿Seguro que no sabías nada del registro? –pregunté. Quería poder confiar en alguien, en ella, sentir que no estaba solo, agarrarme a un clavo ardiendo.

–Nada, te lo prometo. Me he enterado cuando los gemelos han recibido tu mensaje. Se han puesto a hablar de ello en voz alta. Creo que te has pasado con los insultos, están bastante cabreados.

–Más cabreado estoy yo. No podré demostrarlo, pero me retuvieron en la playa para que su padre montara todo este lío a sus anchas.

–¿Cómo lo sabes? Igual no fue su padre...

–¡Claro que fue! Dejó pruebas de su paso, el muy inepto.

Maricarmen se quedó pensativa unos segundos.

–A lo mejor tienes razón porque mira, lo que sí sabía todo el mundo, y el padre de los gemelos el primero, es que tu hermana esta tarde y esta noche no estaría en casa.

–¿Ah, no? Pues en ese «todo el mundo» no estoy incluido yo –dije fastidiado. Qué circo. Mi familia, mi casa, mi vida, todo estaba en un escaparate, todo era un secreto a voces–. ¿Y dónde se supone que está Julia?

–No lo sé. Solo sé que la tía Paca anda por medio.

–Me lo temía. Entonces no me digas más.

Y le hablé de la misteriosa cabaña en Playa Chica y del aún más misterioso trabajo que supuestamente Julia hacía en la cabaña. Le hablé hasta de las pastillas para el dolor de cabeza que le vendía la tía Paca. Un escaparate tiene que estar bien surtido para ser un buen escaparate. Maricarmen me agarró de un brazo.

–Dani, tengo miedo por tu hermana, esa vieja no es de fiar. Tenemos que ir a buscarla y rescatarla.

Me dio un vuelco el corazón, como si hubiera oído un ruido repentino. Aunque el ruido no era tal, sino una imagen que no por frecuente en mi imaginario dejaba de ser atroz: Julia jugando a la ruleta rusa. ¿Podría soportarlo? Entonces oí una voz dentro de mi cabeza que me decía: adelante, es la oportunidad que esperabas, no se te ocurra desaprovecharla.

Pero la voz olvidaba que en la planta de arriba dormía el hundeplanes de Telmo y que en cualquier momento podía despertarse, verse solo y preparar una de aúpa.

–Entonces yo no voy –decidió Maricarmen en cuanto se lo dije–, me quedo aquí con tu hermano hasta que vuelvas.

Me explicó cómo llegar al faro; Playa Chica está ahí mismo. Podía hacerlo andando por la playa y por las rocas o en su bici por carretera. Me recordó que cogiera una linterna. En el porche, como despedida y bajo una luna invisible, me abrazó de nuevo. Sentí su miedo sumado al mío y, cosa sorprendente, miedo más miedo se convirtió en valor, creo que la gramática explica esto de manera lógica. ¿O son las matemáticas?

Eran las doce y cuarto de la madrugada.

Me gustaría, como Apache, tener facilidad para el dibujo y poder hacer un mapa de ese sur que amé y odié a partes iguales. Para que te sitúes, ¿vale?, a menos que ya lo conozcas y no necesites la ayuda de planos.

Dibujaría una larga línea recta de playa con una P en un extremo: poniente, y una L en el otro: levante, y la terminaría con dos salientes rocosos que allí llaman cabos. En el primer cabo pondría una equis: el búnker; en el segundo marcaría el faro con una cruz. Y, por último, dibujaría una flecha en dirección al faro. Esa flecha sería yo.

Mientras pedaleaba rodeado de silencio, diversos pensamientos llegados de lugares diferentes llenaban mi cabeza. Pensaba, por ejemplo, en lo fácil que me estaba resultando el recorrido cuesta arriba con la bici de Maricarmen, una bici increíble de nada menos que nueve piñones y tres platos. A su madre debió de costarle una barbaridad. ¿Tendría yo algún día una bici como esa? Su potente foco me dejaba vislumbrar las mansiones por las que pasaba, a cada cual más refinada y grandiosa, y las comparaba con la destartalada Casa del Alto, comparando de paso la supuesta vida de sus habitantes con mi también destartalada vida. Eran casas con nombres exóticos: Querube de la Plata, Villa Saphira...; evocadores: Memoria de África, Agua de Enmedio..., o simplemente hermosos: El Mirador, Bella Vista, Entremares... Cuesta imaginar problemas dentro de una casa que se llama así. También pensaba (por otra parte) en la posibilidad de empezar a salir con Maricarmen para hacerme el machito delante de los de la Banda. Al fin y al cabo, ella lo estaba deseando. Al fin y al cabo, le había cogido cariño. Y mucho. Entonces, me puse a reflexionar sobre la diferencia entre cariño y amor y me preguntaba cómo se detectarían exactamente ambos sentimientos para no confundir uno con otro. Y lo más curioso: pensar en estas cosas me llevaba a pensar en Talú.

Uf. La verdad es que se piensa de todo cuando se pedalea tanto rato solo.

Sí, claro que soplaba el viento.

Y luchando contra el viento estaba cuando apareció, por fin, la silueta robusta de la torre redonda de piedra que allí llaman faro, asomándose desde su atalaya al mar. El foco de arriba, si es que funcionaba, no estaba encendido. Unos cuantos metros más abajo rompían las olas en la pequeña cala que allí llaman playa. Y qué pena no poder contemplarla a la luz del sol, porque parecía mágica e inhóspita. Pero, bueno, con volver otro día a otra hora...

Dejé la bici aparcada en el faro (a Playa Chica solo se puede llegar a pie) y me dispuse a buscar la cabaña. ¿Dónde estaría? Había varios senderos que se abrían paso por el bosque de matorral. ¿Cuál escogería? Entonces creí oír sonidos humanos y amplifiqué la oreja todo lo que pude. Para no delatarme, apagué la linterna. Salía un haz de luz desparramada entre los arbustos (enebros, sabinas, lentiscos, lo había leído en un cartel) y me guie por ella. ¿De dónde procedía? ¿De la cabaña? Seguro, me dije, si es que a las paredes de hormigón mugriento con pintadas vacías de mensaje que ya tenía delante se las podía llamar cabaña. Fea y compacta, yo jamás me la habría imaginado así. La luz salía por huecos o agujeros altos. Empecé a rodear aquel chamizo buscando una puerta. ¿Pensaba entrar? Claro, iba dispuesto a todo. Aunque esa sobredosis de coraje no impidió que me asustara, y mucho, cuando de pronto noté un golpe seco en el hombro, como si un animal salvaje se me hubiera encaramado. Entonces, giré la cabeza y vi la manaza enorme y la cara oscura del hijo o del nieto de la tía Paca.

–Hola, hola, hola. ¿Qué tenemos aquí? ¿Un excursionista entrometido? –bufó apretándome el hombro hasta hacérmelo papilla. Tenía arrugado el entrecejo peludo y los ojos hundidos y simiescos.

Forcejeé para soltarme y él entonces voceó una especie de chillido largo y lleno de vocales que sonó como un rebuzno de asno. Aquello solo podía ser una señal, dalo por hecho, porque, cuando entré a trompicones empujado por el bruto al interior de la cabaña, nada de lo que vi tenía aspecto de ilegal o de prohibido, como si hubieran desaparecido de repente las posibles pruebas de quién sabe qué delitos.

Pero ¿qué vi? No gran cosa. Personas a la que no conocía sentadas en sillas de plástico de propaganda haciendo cosas que no entendía. Sonaba música que no distinguía, conversaciones que se tapaban unas con otras. Y vi a Julia entre un grupo de personas que la rodeaban. Ya está, me dije, ahí tienes lo que tanto temías, tu hermana jugando a la ruleta rusa. E imaginé un revólver escondido precipitadamente, un revolver plateado y con la empuñadura negra porque no es posible pensar en un objeto y no darle unos rasgos específicos que lo materialicen.

Avancé despacio hacia ella.

¿Qué hace?

Habla y los demás la escuchan.

¿Qué dice?

No. No. No es posible. No me creo lo que veo; lo que oigo, más bien.

Me quedé tan alucinado como todavía me quedo ahora, cuando lo recuerdo. Estaba contando un cuento.

Se calló en cuanto me vio y, sin embargo, qué poco sobresalto demostraba, como si en el fondo ya supiera que tarde o temprano acabaría descubriendo su secreto.

Antes de que me riñera, le dije delante de todos que había pasado algo muy grave y que tenía que volver a casa.

Entonces, ella se agobió.

–¡Telmo! –dijo.

Y yo:

–No, Telmo está bien.

Y ella, subiendo el tono de voz:

–¿Dónde? ¿Dónde está Telmo?

Y yo:

–En casa con...

Y ella, sin dejarme terminar la frase:

–¡Lo has dejado solo!

Y yo:

–No, no está solo, está con Maricarmen.

Y ella:

–¿Qué le ha pasado?

Y yo:

–Nada, no le ha pasado nada.

Y ella, roja, sofocada por los nervios, descuartizándome las manos que me acababa de agarrar:

–¡Dime la verdad, Dani! ¡Por favor, no me mientas!

La fabuladora exigiendo verdades. Resoplé, miré al suelo, me solté, le miré los ojos tan bonitos, tan cansados.

–No te miento. Telmo está intacto, pero ha pasado una desgracia muy grande y tienes que volver inmediatamente a casa.

Y nos marchamos.

La cuentista mercenaria

–¿Lo ves, Dani? No hago nada raro, no hay ninguna pistola escondida, solo cuento cuentos.

Ya. Siempre y cuando fuera verdad lo de la pistola, y siempre y cuando contar cuentos a marcianos a esas horas de la noche en un chamizo abandonado no se considere raro.

–¿Y los demás? ¿Qué hacía toda esa gente?

–¿Qué te importa, Dani, qué te importa? Cada uno que haga lo que quiera, yo cuento cuentos.

Julia estaba al tanto de lo del registro, se lo había dicho nada más quedarnos solos mientras trepábamos por uno de los senderos hacia el faro y dijo que en medio de todo estaba tranquila porque lo principal era Telmo.

Pero yo la veía deshecha.

–¿Por qué lo haces? –pregunté. Me refería a los cuentos.

–Por dinero, ya te lo dije, cuento cuentos por dinero. Esas personas que has visto, por diversos problemas personales, están acabadas, sin ilusiones, sin una motivación en su vida. ¿Entiendes lo que quiero decir? No luchan porque piensan que no habrá una segunda oportunidad. Y, cuando todo está perdido y uno ya no cree en nada, solo una buena historia que te saque de la realidad puede hacer que vivir parezca por un momento bello o soportable. Cuando el cuento gusta, me pagan bien, es un público bastante generoso. Cuando el cuento no gusta, me pagan mal o no me pagan nada. Me castigan de esa forma, como a cualquier músico o titiritero de calle. Nunca sabes cómo será el público ni cómo responderá, cuestión de azar. Yo lo llamo la ruleta rusa.

Y me apretó por la espalda y empezó a darme besos detrás de las orejas como pidiéndome perdón por haber sido en algún momento mucho más cruel de lo que habría sido necesario.

Tiempo después, cuando he pensado en la señal con la que el hijo o nieto de la tía Paca avisó de mi llegada, he admitido que Julia pudo ocultarme algo (o no, quién sabe), pero en ese momento creí su versión con los ojos cerrados porque no necesitaba ningún extra de dolor, pues creerla ya tenía la suficiente carga de amargura.

Así que su ruleta rusa era eso. Los ojos se me llenaron de lágrimas que Julia no podía ver porque iba sentada en el sillín de la bici mientras yo pedaleaba delante. Eran lágrimas de impotencia, de lástima, y no por ella, sino por mí. Quise odiarla por haberme torturado, vengarme, insultarla, maltratarla, pero sabía que era imposible, que solo podía quererla y perdonarla.

Nunca volví a Playa Chica ni a esa cabaña en la que doy por hecho que sucedía mucho más de lo que vi, pero a mí qué me importaba si Julia solo contaba cuentos y ahora estaba conmigo y volvíamos a casa y me abrazaba.

El último cuento de la fabuladora

Al principio, Julia no habló. Recorría con la mirada el suelo de la sala atiborrado de cosas tiradas. Impotente, desmoralizada, pasiva. Una y otra vez.

–Qué desastre –dijo por fin.

Maricarmen afirmaba sin palabras.

–No sé por dónde empezaré a organizar todo esto –se lamentó como si realmente tuviera la intención de ordenarlo. ¿Quieres saber mi opinión? Dudaba mucho de que lo hiciera, al menos inmediatamente.

–Te ayudaremos –dijo Maricarmen–, cuenta con ello.

Julia sacó el mensaje de Panga-Panga del bolsillo de su pantalón y lo sujetó con dos dedos. En la otra mano tenía la llave enganchada a su llavero.

–No falta nada de valor porque Gallito buscaba esto –movió en el aire las dos cosas–. Lo que pueda haber en la laguna y esto. ¿Para qué? Para dárselo a su jefe, claro. Gallito no es un ratero, Gallito es un matón de Tinieblas y que conste que yo ya lo sospechaba. El registro no hace más que confirmarlo.

En vista de lo sucedido, no tenía lógica llevarle la contraria. Maricarmen escuchaba sin hacer preguntas aquella parte de la historia que desconocía. Julia prosiguió:

–Me pregunto si Tinieblas habría adivinado quién era Panga-Panga si llega a leer el mensaje que papá escondió tan bien. Nadie la llamaba Panga-Panga, excepto yo; era nuestro secreto. Pero, por lo que pude aprender, los secretos en la Ciudad Azul dejaban de serlo ante la astucia de Tinieblas. Menos mal que lo encontraste antes, Dani, y que yo tuve la prudencia de llevarlo encima.

Amanecía. El amanecer era rojo como una puesta de sol y enrojecía la cara de mi hermana, la cara agotada de mi hermana.

–Ni siquiera podemos denunciarlos, tenemos que fingir que no ha pasado nada, ¡nada!, para que papá y mamá vuelvan enteros a casa. ¡Chisss! Eh, chicos, guardad el secreto; en la Casa del Alto no ha pasado nada.

Se había puesto el dedo índice en la boca y había bajado la voz. Pero era imposible no darse cuenta del sarcasmo. Y del dolor que empezaba a asomar sobre el cansancio. Me acerqué a ella y le pasé los brazos por los hombros para intentar consolarla.

–Y todo esto ha pasado por contar historias –dijo abatida–. ¿Sabes, Dani? Mis historias han sido nuestra perdición, la de toda la familia, pero sobre todo la mía.

–No digas eso, sabes que no es verdad –dije apretándola más fuerte.

Julia sonrió solo con la boca; los ojos estaban inmóviles y vidriosos.

–Ojalá tuvieras razón. Pero es así. Es el cerebro ágil y despierto que inventa historias lo que Tinieblas quiere de mí para curar el suyo atrofiado y decrépito y enfermo. Lo desea, lo sobrevalora, lo persigue con obsesión y no parará hasta que lo consiga. Y cuando lo consiga...

–¡No! –grité yo–. ¡No! ¡Eso nunca!

–Y cuando lo consiga se dará cuenta de que la magia de una fábula no está en el cerebro, sino en la voz y en las palabras de la fabuladora. Solo que, cuando eso suceda, yo ya no tendré opción de demostrar nada.

Maricarmen también se acercó a nosotros y se arrodilló en el suelo y nos echó los brazos por encima y éramos como un pequeño *huddle* de fútbol americano y creo que en mayor o menor medida llorábamos los tres.

Entonces, Julia dijo que lo mejor sería dejar de contar historias porque eso, lejos de beneficiarla, la había perjudicado.

–No hablas en serio... –dije yo.

–Está decidido. No contaré un cuento más. Tampoco volveré a la cabaña. Me importa un bledo el dinero, las pastillas y me importa un bledo la tía Paca. Despediros para siempre de la fabuladora.

Maricarmen permanecía en silencio, su discreción conmovía a mi hermana. En cuanto a mí, una borrasca interior de proporciones gigantescas me sacudía: era el contrasentido de haber rechazado días atrás lo que ahora ya estaba echando de menos.

–Entonces ¿quién me contará los cuentos? –dije aguantando la congoja. Y no, no siento vergüenza de confesarlo.

–Ya no necesitas cuentos, Dani, tú mismo lo dijiste. Te has hecho mayor, los cuentos son para los niños pequeños.

Sabía que hablaba por hablar, que no creía una mísera letra de lo que decía. Era solo que estaba hastiada, fastidiada. Pero parecía una firme decisión y yo, entretanto, trataba de asimilar como podía una de las peores noticias de mi vida. Entonces, le pedí que, como despedida, me contara un cuento.

–¡El último cuento! –exclamó Maricarmen–. ¿Puedo quedarme a escucharlo? Hace tanto tiempo que nadie me cuenta un cuento...

–¿Ahora? ¿En medio de este desastre? –preguntó Julia.

Maricarmen le respondió que era un momento tan bueno como cualquier otro.

–Está bien. ¿Qué tipo de cuento queréis?

–El que diga Dani –propuso Maricarmen.

Lo pensé detenidamente unos instantes. Si iba a ser el último, tenía que elegirlo bien.

–A menudo nos has contado cuentos sicilianos, africanos, americanos, con gente que no existe o que no conocemos ni conoceremos jamás. Me gustaría que contaras una historia real con gente real. Una historia de aquí con gente de aquí.

–¿Cómo, de aquí? ¿De donde estamos ahora? ¿Una historia del sur?

–Sí, eso; una historia del sur.

–De acuerdo. Tú mandas.

Una historia del sur

Unos meses antes del verano, en la Casa del Alto entró la fatalidad. Parecía que todo iba bien y un día, de pronto, como una ráfaga de viento, se coló la fatalidad y se empezaron a notar sus consecuencias. En cuanto Daniel se percató de ello, corrió a cerrar las ventanas y las puertas, a tapar rendijas, a sellar goteras, pero olvidó cerrar el orificio de su boca y de las palabras que escaparon de ella, una, especialmente, propiciaría el desenlace catastrófico. Fue a principios de un diciembre tan templado y agradable que parecía imposible que en un par de semanas estuviera ahí la Navidad, y todo lo que puede decirse como conclusión es que aquella tarde Daniel tenía la guardia baja. Por chulería, por haber bebido de más, por la aparición en su vida de una nueva mala racha... Por alguna de estas razones o quizá por todas, Daniel aquella tarde tenía la guardia baja. El lugar del suceso: la trastienda de un local en el puerto llamado Bar Buda; el detonante: una partida de póker organizada por Tinieblas.

Antes de empezar a jugar, los participantes estudiaron las barajas y se estudiaron unos a otros con miradas penetrantes y sagaces. Todos se conocían de vista o de otras partidas de póker, pero preferían no intimar: el hombretón de aspecto de culturista y manos cortas y anchas como palas, parecía imposible que sostuvieran el abanico de cartas; un tal Pollito o Gallito (Daniel nunca conseguía recordar el nombre exacto), policía, según los rumores, expulsado del cuerpo por «irregularidades», que ocultaba los ojos tras unas gafas de espejo; la señora hermosa que guardaba los billetes en el escote; el propio Daniel, y, por supuesto, Tinieblas que, aunque vivía en el extranjero, montaba de vez en cuando en el Bar Buda partidas de póker con apuestas de cuidado.

Y ese era el panorama.

Estaba permitido fumar en la trastienda mal ventilada del Bar Buda (daba a un patrio cerrado de vecinos), y el aire se había vuelto turbio. Llegaba el olor a fritura de las casas, llegaban los parloteos entre ventanas, los pasodobles de la corrida de toros que ponían por televisión. Y, encubiertas por ese guirigay, las voces secas y escuetas de los jugadores: «¿Cartas? Sí. No. Una para mí. Voy con cien. No voy. Lo veo y doscientos más. Sus trescientos y trescientos más. Voy. No voy. Doble pareja. Trío de jotas. Color...». En fin, las apuestas aumentaban con el paso de las horas. El culturista ya no jugaba. La señora hermosa arriesgaba con prudencia. Pollito o Gallito y Tinieblas se hacían señas disfrazadas de gestos cotidianos, o eso creyó ver Daniel, y se imaginó que eran cómplices de algo, que Pollito o Gallito trabajaba para Tinieblas, que todo era una farsa y que ni siquiera el dinero que estaba apostando era suyo. Hacía un calor agobiante para ser diciembre y Daniel bebía su *whisky* con Coca-Cola a grandes tragos. No, decididamente aquella no estaba siendo una buena tarde y, para olvidarse de los próximos gastos domésticos a los que no podría hacer frente, se sumergía atolondrado en el líquido del vaso. Porque, ¿cuánto llevaba perdido después de varias partidas? Mucho, se respondió. O más exactamente, demasiado, había perdido demasiado, que siempre es superior a mucho.

Se acabó, no podía apostar ni un euro más, lo había perdido todo. Dijo que abandonaba y se levantó para marcharse. Estaba encogido, mareado. Notó una pequeña inestabilidad en las piernas y una amargura muy grande en el pecho. No sabía a dónde iría al salir de allí; al quinto infierno o a colgarse de un árbol, ya lo pensaría. Tinieblas, entonces, le hizo un gesto para que se sentara.

–Verá, Federico –empezó; le llamaba por el apellido y siempre de usted–, puede parecerle extraño, pero no me alegra lo más mínimo su derrota.

–¿Acaso piensa que a mí sí? –respondió Daniel con la lengua pastosa.

–Quiero proponerle un trato, una apuesta que, gane o pierda, le beneficie en ambos casos. Créame, soy su casero, no su enemigo, y deseo ayudarlo.

–Ayudarme... –A Daniel le salió una carcajada rota–. ¿Está seguro?

–Completamente seguro –dijo Tinieblas. Y Pollito o Gallito avaló la sentencia con una leve afirmación de la cabeza.

Se trataba de jugar una nueva mano de póker, pero esta vez ellos dos solos. Tinieblas apostaría una cantidad importante de dinero y Daniel, dado que estaba arruinado, apostaría a su hija, a Julia.

–¡Dios mío! –se oyó exclamar a la señora hermosa.

–Deduzco que está de broma... –bufó Daniel.

–No bromeo jamás –dijo Tinieblas–. Pero no se altere ni piense cosas raras sin escucharme primero.

La propuesta era o parecía transparente: Tinieblas andaba buscando una señorita de compañía para una moribunda muy cercana a él que vivía en el extranjero. Era una mujer inválida, terriblemente anciana, pero conservaba una asombrosa lucidez. Tinieblas sabía que Julia contaba los cuentos como nadie y había pensado en ella para alegrar los últimos meses de la anciana. A su muerte, Julia volvería a casa. Era en realidad un trabajo fácil y de corta duración para una chica desocupada que, según tenía entendido Tinieblas, incluso había abandonado los estudios.

–Y la apuesta para usted, Federico, es impecable, se beneficiará en ambos casos: si pierde, solo renuncia a su hija de manera temporal, y, si gana... –Tinieblas escribió en un papel una cifra y la mostró, causando el asombro de todos–. Porque puede ganar, estamos ante un cincuenta por ciento de probabilidades.

A Daniel le caían gruesas gotas de sudor por la frente. Se pasó un pañuelo por la cara, por el cuello, se soltó un botón de la camisa.

–Suponga que, aunque yo pierda, mi hija se niega a cumplir el trato.

–Oh, Federico, no sea simple. Sé que sabrá convencerla.

–Suponga que rechazo la apuesta.

–Le creía más inteligente. Está en su derecho, por supuesto, pero a estas alturas ya debería conocerme un poco. A buenas, puedo ser muy generoso; a malas, puedo ser y soy letal. Y usted, Federico, me debe mucho dinero.

–¡Dios mío! –volvió a exclamar la señora hermosa.

Despeinado, con los ojos arrugados por el humo y con la guardia baja, Daniel, entonces, pronunció la palabra que provocó el catastrófico desenlace.

–Apuesto –dijo; y estrechó con desgana la mano blanda, sebosa y húmeda de Tinieblas.

–El famoso primer trato por el que te fuiste... –dije yo interrumpiendo a mi hermana.

Y como ya he dicho que todo pensamiento se acompaña de una imagen, a mí se me apareció la visión del puzle y de un chico que colocaba una nueva pieza en el puzle; una pieza que encajaba a la perfección, como los adoquines de la plaza grande del pueblo.

–No me puedo creer que te jugaran a las cartas –dijo Maricarmen.

–Esperad –dijo Julia–; la historia del sur aún no ha terminado.

Una historia del sur (continuación)

Una o dos semanas antes del verano, cuando Julia llevaba varios meses fuera, a la Casa del Alto llegó el mensaje firmado por P-P y Daniel lo leía a espaldas de Catalina. Una oleada de dolor y de remordimientos le subía por el pecho a medida que su cabeza absorbía las palabras. No tenía ni idea de quién era P-P, hombre o mujer, negro, blanco o amarillo, daba igual, pero podía suponer sin miedo a equivocarse quién era la Joven Chica Blanca del mensaje. Nada más acabar de leerlo, se puso en contacto telefónico con Tinieblas.

–No voy a andarme con rodeos –empezó–: quiero que mi hija vuelva a casa cuanto antes.

Daniel estaba más alterado de lo que pensaba e iba de aquí para allá con el teléfono junto a la oreja. En cambio, imaginaba a Tinieblas repantigado en algún recio sillón que abarcara su tamaño y que soportara su peso.

–Mucha impaciencia le noto, Federico –dijo Tinieblas–, pero ya sabe que hicimos un trato.

–Fue algo provisional y ha pasado mucho tiempo.

–La anciana sigue viva, puedo demostrárselo. Pero no lo haré; no olvide, Federico, que el que pone las normas soy yo.

La cara de soberbia que Daniel imaginó en Tinieblas nada tenía que ver con la suya, que era un manojo de nervios, pero no pensaba acobardarse.

–Más despacio. Tengo pruebas evidentes de que mi hija está mal y de que estará peor si no vuelve. Eso no fue lo pactado.

–¿Pruebas? ¿Pruebas usted, Federico? No le creo.

–Pues debería, porque le pueden buscar algún problema. Si Julia no regresa a casa en menos de una semana, las enseñaré y le denunciaré a la policía.

Se oyó una risotada hueca.

–¡Adelante! ¡Hágalo! ¿Y qué dirá? ¿Qué perdió a su hija a las cartas? No podrá negarlo, había testigos, y uno, al menos, estará de mi parte.

Daniel recordó al tal Pollito o Gallito y vio su horrorosa cara a la perfección, como si la tuviera delante de los ojos.

–No quiero denunciarle –corrigió–, solo quiero recuperar a mi hija.

–¿Y la deuda? Todavía me debe dinero.

–Pagaré, buscaré la forma.

–No veo cómo, Federico.

Daniel perdía energía, esto era un hecho; se le escapaba por el teléfono con cada frase como el agua por el sumidero.

–Hablaríamos..., llegaríamos a un acuerdo..., como hemos llegado otras veces..., puedo trabajar en algo..., en lo que me pida...

–¡Basta, Federico! Está arruinado y lo seguirá estando mientras tenga la mala costumbre de perder al póker. Tenía esa mala costumbre en el norte, cuando lo conocí, y la sigue teniendo ahora. Pero si le ofrecí dinero y le ofrecí mi casa cuando peor estaba no fue por compasión. –Tinieblas hizo una pausa–. No, amigo, no soy una hermanita de la caridad, aunque a veces haya podido parecerlo.

–No le entiendo –dijo Daniel.

–¿No? Pues está muy claro. Julia, su hija. Siempre he tenido los ojos puestos en ella. No en toda ella, por supuesto, solo en una parte muy concreta.

–Sigo sin entenderle –repitió Daniel.

–Una parte de ella que, a mi modo de ver, tiene más valor que ninguna otra.

–¡No le entiendo! ¡Le digo que no le entiendo! –gritó Daniel poniéndose frenético–. ¡No sé de qué me habla! ¡No sé a que parte se refiere! –Y estrujaba el teléfono entre los dedos como si fuera el cuello de Tinieblas lo que agarraba con las manos.

–Así que ahora que la tengo no voy a perderla porque «papá» de la noche a la mañana se siente bueno y decide cambiar de idea. Pero no se preocupe, su hija volverá a casa cuando ya no la necesite y cuando me haya asegurado su silencio.

Entonces Daniel tuvo un pensamiento espantoso. Pensó que el silencio de Julia solo podía significar su muerte, y que, una vez muerta, Tinieblas se la quitaría de en medio con un puntapié, como se quita una basura que molesta en el camino.

Se desangraba por dentro, le faltaba el aire, estaba a punto de suplicar.

–¡Espere, espere! ¡No cuelgue! Le propongo algo...

–Empiezo a estar cansado, es la hora de mi siesta. Acabe pronto. ¿Qué me propone? ¿Su hija a cambio de las pruebas que usted dice que me inculpan? No, Federico, no hay trato, no conozco esas pruebas, pero sé que ella vale más.

–Por eso, precisamente por eso le propongo otra partida de póker.

Ya estaba dicho, ya no podía volverse atrás. Ahora había que confiar en que el adicto jugador que era Tinieblas aceptara. Hubo un rato en el que solo se escuchó la respiración fatigada al otro lado del teléfono.

–¿Por qué habría de aceptar? –se oyó al fin–. Deme una sola razón que me convenza.

–Porque la nueva apuesta sería demasiado ventajosa para usted como para rechazarla. Aun así, estoy dispuesto a arriesgarme.

–Hable –exigió Tinieblas.

Y Daniel habló. Y lo dijo todo de un tirón porque lo tenía preparado. Si él, Daniel, ganaba la apuesta, Julia regresaría inmediatamente a casa (remarcó lo de inmediatamente) y luego acordarían cómo liquidar la deuda. Pero si perdía...

–Si pierdo, se queda con mi hija para siempre.

Conocía a Tinieblas y sabía que no se conformaría con menos.

Pero Daniel esta vez no perdería. Porque estaba decidido a recuperar a Julia antes de que fuera demasiado tarde.

Porque ya no bebía. Porque no tenía la guardia baja. Porque llevaba mucho tiempo ensayando la trampa más perfecta al póker o a cualquier juego de cartas y que consiste en cambiar la baraja sin que se note por otra ordenada a gusto del tramposo cuando al tramposo le toca repartir cartas. Una trampa de prestidigitador tan difícil como antigua a la que los tahúres dieron el apropiado nombre de *cool deck.*

De nuevo el mutismo, la respiración asmática de Tinieblas.

–¿Para... siempre? –preguntó con un carraspeo.

–Sí. Al menos por mi parte. No se la reclamaré jamás.

–¿Qué pasará con las pruebas? Si es cierto que me inculpan, las quiero.

–Son mías. No están en juego. Las pruebas seguirán en mi poder.

–Eso lo veremos –amenazó Tinieblas.

–Pero no las usaré en su contra, puede estar tranquilo. Lo único que quiero es que mi hija vuelva a casa.

–En cuanto a los testigos, usted haga lo que quiera, yo llevaré uno –dijo Tinieblas.

Y Daniel lo imaginó pensando en Pollito o Gallito, nunca conseguía recordar el nombre.

–Conforme –añadió pensando a su vez en la mujer hermosa.

Luego siguió un silencio sepulcral, como si Tinieblas no respirara.

–En el puerto. Dentro de tres días. En el mismo lugar y a la misma hora de siempre –dijo al rato.

–¿Me está diciendo que acepta?

Entonces Tinieblas pronunció la misma palabra catastrófica que Daniel había pronunciado meses antes.

–Le estoy diciendo que apuesto.

Dicho esto, Julia dio por finalizado el cuento.

–Y papá esta vez ganó –dije yo, porque era obvio.

–Ganó, y por eso yo volví a casa. Y mis padres se cambiaron por mí, y allí estarán supuestamente hasta que terminen de pagar la deuda –explicó Julia a Maricarmen.

–Es increíble que vuestro padre le hiciera trampas a Tinieblas –dijo ella–. Qué pasada de hombre. No lo conozco, pero estoy segura de que me caería bien.

Julia afirmó con la cabeza. Nos miraba escamoteada tras una sonrisa prestada.

–¿Quién eres? –le pregunté–. ¿Julia? ¿Mamelai?... ¿Papá?

Porque la historia del sur, lejos de ser una fábula de mi hermana, era la historia de Daniel, y solo podía haberla escuchado de boca de Daniel días u horas o momentos antes de que Daniel y Catalina nos abandonaran para cumplir en Marruecos la parte del trato que les tocaba.

Alguien miró la hora, tal vez fuera yo. Estábamos hambrientos, entumecidos de sueño, impresionados por el relato, mientras el viento de la mañana entraba haciendo ruido por las rendijas infinitas de las ventanas.

Y, cuando me despedía de Maricarmen para subir a acostarme...

–Dani –dijo Julia–: hay que entrar a la laguna. Hay que saber qué esconde esa caja ahora que tenemos la llave. Y hay que entrar cuanto antes. Si no nos damos prisa, alguien se nos adelantará y yo perderé mi libertad para siempre.

–¿Cuándo es cuanto antes? –dije yo.

–Hoy. Esta mañana. Ahora mismo.

–¿Eso quiere decir que papá y mamá no volverán?

–Eso quiere decir que no podemos esperar más, hagan lo que hagan ellos. ¿Estás dispuesto?

Miré a Maricarmen queriendo ver a mi futura novia, pero ante la perspectiva de la laguna solo veía a la monitora de natación.

–Voy contigo adonde sea –dijo ella.

Mi cara de entusiasmo contrastaba con la de Telmo que bajaba las escaleras enseñándonos defraudado el diente que no se había llevado el ratón.

Y entonces me acordé del juguete comprado en el quiosco del señor García y escondido en mi mochila, pero, como tantas otras veces, ya era demasiado tarde.

La metáfora de la cancela

Era por la tarde y, entre unas cosas y otras, iba pasando el día y todavía no habíamos entrado a la laguna.

¿Qué eran unas cosas y otras?, dirás. Bueno, pues básicamente era una: el trabajo de Talú, que hacía turno de mañana. Julia le había avisado y él no quería que entráramos solos.

Pero ahí estábamos, por fin, mirando la boya desde la orilla, sin canoa, sin una estrategia preparada para llegar hasta ella. Julia, Telmo, Talú, Maricarmen y yo. Maricarmen ya preparada, sin ropa; no recuerdo el color de su bañador.

Soplaba el viento y ondulaba el agua sucia. Quizá porque atardecía o porque el día estaba nublado, la laguna parecía mucho más profunda y mucho más oscura.

Sí, aunque estaba Maricarmen con nosotros, se me había presentado el miedo, para qué fingir lo contrario. Pensé que nunca lo superaría del todo, que el miedo al agua me acompañaría siempre y que, cada vez que tuviera que nadar, el niño arrollado por las olas aparecería, pero como no me sentía muy mal pensando eso, al minuto siguiente pensé que lo que probablemente sí había superado era el miedo a tener que vivir con miedo al agua, lo que aliviaba un poco dicho miedo.

Y, entonces, Talú se quitó las chanclas, el pantalón, la camiseta y dijo: «Vamos». Lo miré como quien se mira en un espejo y me quité todo también, y Maricarmen y yo empezamos a meternos en el agua a la misma velocidad como si, de pronto, todo lo que hiciéramos en adelante los tres estuviera hablado y pactado de antemano.

–Tened cuidado –dijo Julia–, Telmo y yo os esperamos aquí. Y lo cuidaré mejor de lo que cuidé de ti en Anglet, Dani, te lo prometo.

Y me ofreció el flotador de Telmo que yo rechacé, porque el orgullo era superior al miedo.

A partir de ese momento, las cosas sucedieron de la manera esperada: nadar hasta la boya, yo a lo perro, aunque Maricarmen había intentado enseñarme braza y crol; tardar muchísimo en llegar, como si la boya se alejara con cada nueva brazada; volver la cabeza hacia la orilla y ver cómo mis hermanos se iban haciendo pequeños; mirar el fondo del agua y no distinguir ni el color de mi culote; llegar a la boya medio asfixiado; tirar y tirar entre los tres con fuerza de la cadena de la boya, hasta que la caja metálica apareció en la superficie, pesada y corroída como el tesoro de un barco hundido.

Liberada de la cadena, la aguantamos sobre la superficie y yo le pasé por encima las yemas arrugadas de los dedos. Era la misma caja verde en la que Catalina guardaba los billetes que Daniel traía a casa cuando venía de buen humor, cuando la cogía en brazos y le decía: «Chata, hoy tuve un buen día», la misma caja que luego ella colocaba en el armario de su cuarto, medio escondida entre la ropa desordenada de la temporada anterior. La misma caja que enseguida se vaciaba. Así que, pensando en todo esto, hice el recorrido de vuelta flotando también entre los recuerdos.

En la orilla, Julia y Telmo nos esperaban impacientes con los pies dentro del agua. La caja se llenó de manos. Manos desconectadas, ansiosas. Lógicamente, sacarla del agua, ponerla sobre la arena, hacer mil y un comentarios sobre su aspecto, su peso, sobre lo que guardaría dentro, fue lo que hicimos después, lo normal en esos casos. Por fin, el codiciado objeto por el que unos y otros nos habíamos arriesgado estaba en nuestro poder. Bien, Dani, me dije, ya está. En cuanto se abra esa caja, el misterio del bulto quedará resuelto, Julia conseguirá su libertad y todo habrá terminado, ¿cómo te sientes?

Cuando Julia se ponía metafórica, nos contaba a Telmo y a mí que la vida era como un sendero lleno de cancelas (empleaba esa palabra que, por cierto, me encantaba). Decía que no debía abrirse una nueva cancela sin haber cerrado la anterior. Que detrás de cada cancela que se cerraba quedaban cosas bonitas y cosas feas de las que uno debía despedirse si quería seguir en buena forma el recorrido del sendero.

Entonces ¿el vacío que ya empezaba a sentir ante la apertura inminente de la caja era por una despedida?

Despedida del verano, de los cuentos, del puzle acabado. Despedida de todo lo que quedaba tras la cancela que se cerraba; pero, sobre todo, despedida de un tiempo que terminaba. Me miré como si estuviera contemplando a otra persona: era tan alto como Talú, tenía parecida fuerza y en la cara me asomaba la sombra del primer vello. Además, era capaz de interesar a la chica más guapa, de cuidar de un niño y hasta de ayudar a una hermana llena de problemas. ¿Y sabes qué pasó entonces? Pues que tuve la sensación de que había vivido demasiado y me vi terriblemente viejo a mis catorce años y medio, eso pasó.

Julia sacó la llave encontrada en el payaso y se la ofreció a Telmo. Sonreía con la boca y con los ojos, como siempre que se dirigía a él. Una sonrisa de cruasán con las puntas hacia arriba.

–Toma, bonito, ábrela tú.

Nunca sabremos si Telmo la habría abierto sin ayuda, porque Julia, que fue la primera que los vio, le quitó rápidamente la llave antes de que la acercara siquiera a la cerradura.

Nosotros los vimos después, cuando los tuvimos delante. Habían aparecido como fantasmas arrastrando con sigilo una barca hinchable. Con el barullo que armábamos, fue imposible escuchar el roce del plástico sobre el terreno. Me quedé sin habla; bueno, todos nos quedamos sin palabras aunque el encuentro no tendría que habernos sorprendido si hubiéramos dedicado un minuto, uno solo, a pensar en ello.

La metamorfosis

–¿Buscáis algo? –dijo Talú cuando se recuperó del susto y después de dar las buenas tardes–. Esto es una propiedad privada.

Gallito y el culturista soltaron la barca hinchable y se adelantaron un par de pasos.

–¿Seguro? –dijo Gallito–. *Pos* no veo valla por ninguna parte –le dio un codazo al culturista–. ¿Tú ves *argún* alambre, *compare, argún* letrero que diga finca *particulá*?

Era el Gallito prepotente que yo conocía tan bien.

–Pero la casa sí tiene puerta y hay quien se la salta como si no existiera –retó Talú mirando a Gallito a los ojos.

No sé si puso cara de pillado en falta. A lo mejor.

–Muchos humos me parecen esos –dijo el culturista–, que tú aquí no eres *naide.*

–¿Qué queréis? ¿A qué habéis venido? –dijo Julia.

–Hemos *venío* a *solucioná poblemas,* que *pa* eso somos la ley –dijo Gallito.

–Estamos bien; no tenemos ningún problema.

–Y a ayudaros. Como a cualquier ciudadano.

–No necesitamos ayuda.

–Eso habrá que verlo. *Usté* me deje hacer a mí, que en cuanto oscurezca *cerrao* se habrá *acabao* el tiempo.

Era una sentencia enigmática y, la verdad, estábamos bastante empachados de misterios. Julia dijo con voz ronca:

–Fuera.

Pero nadie se movió del sitio. Gallito señaló la laguna con un movimiento de cabeza.

–Ya me olía yo que ahí tenía que haber *argo irpontante.* Llevo semanas detrás. Y mira por dónde se nos han *adelantao. Pos* lo siento, pero me ha *dao* la *picá* de revisar esa cosa que habéis sacado del agua.

–¿Qué cosa? –preguntó Julia improvisando.

–No te hagas la tonta, guapa, que lo hemos visto *to* –contestó el culturista.

–¿No os vale con haber arrasado la casa? –dije yo sin poder contenerme.

Gallito torció la boca.

–*Zagerao,* que no ha *zío pa* tanto. Nuestra obligación es buscar las pruebas, la policía actúa así. Pero no encontramos *na.* Y existen, estamos casi seguros. Estarán en esa caja de metal. Así que siento deciros a *tos* ustedes que queda confiscada en nombre de la ley.

A pesar del usted que a veces empleaba, Gallito era torpe, no tenía modales, y dio un empujón a Telmo para que se quitara de delante de la caja.

–Aparta, chaval.

–¡No toques a mi hermano! –explotó Julia agarrando a Telmo–. ¡No eres policía, no eres la ley, no eres nada! ¡No eres más que un delincuente a las órdenes de un sicario!

–¡Recontra! La chica no lo está poniendo nada fácil –oí exclamar al culturista.

–Ojito con lo que dice, que yo no la he *insultao* a *usté* –oí también a Gallito.

–Os denunciaremos –dijo Talú sin levantar la voz.

Telmo permanecía callado a pesar del empujón, pero en su cara vi unos rasgos que no conocía porque no eran de su cara. ¿Una evolución? No podía estar seguro, apenas había luz.

Gallito seguía a lo suyo. Repitió que necesitaba ver el contenido de la caja y por su madre que en paz descanse que lo vería.

–Y apurando, que se acaba el tiempo. Así que no me obliguéis a usar la *autoridá* ni a sacar el arma reglamentaria.

Aunque cualquiera de los que estábamos allí habríamos apostado mínimo diez euros a que Gallito no tenía arma.

Se había hecho noche cerrada y ya no éramos personas, sino siluetas o sombras. No había ni una estrella. Solo el farol, allá en el porche, y una uña delgadísima de luna atravesada en el cielo. Alguien, a lo lejos, encendió una luz. Gallito y el culturista miraron su reloj y se miraron ellos.

–¡La caja! ¡Deprisa! ¡La caja! –apremió Gallito al instante.

Pero ya teníamos encima esa luz que se desplazaba hacia nosotros. Era tan potente que no se distinguía nada de lo que había detrás. Solo cuando estuvo muy cerca reconocimos con claridad la respiración sofocada de Tinieblas.

Ahora veía mejor a Telmo y me pareció decididamente diferente, como si fuera otro niño. ¿Una mutación? Julia se arrodilló y rodeó la caja con los brazos como antes había rodeado los hombros de Telmo. Creo que temblaba.

–¿Reunión familiar? No esperaba ver a tanta gente –dijo Tinieblas. Su voz en el espacio abierto sonó mucho menos imponente de lo que me había sonado por teléfono.

–Se nos adelantaron –dijo Gallito nervioso.

–Demasiados testigos –calculó Tinieblas.

–Están bajo control. De *tos* modos ahí está lo que había en el agua.

–¿Qué es?

–Una caja. Y de metal.

–¿Qué hay dentro?

–No lo sabemos, la señorita no la suelta.

Tinieblas dirigió la luz a los ojos de Julia. Estaban asustados y más abiertos que nunca.

–Hola, Shirley –dijo–. Te veo muy bien y me alegro. No voy a molestarte mucho. Solo he venido a por eso que escondes. Ya sabes que no te conviene llevarme la contraria. Anda, no me hagas enfadar y dámelo.

Julia dijo:

–¡Jamás!

Sí, claro que temblaba. Tinieblas se le acercaba lentamente, resoplando, y Julia estaría viéndose a sí misma otro día, en otro lugar diferente donde el miedo a Tinieblas era lo único que antes y ahora permanecía idéntico. Entonces, se echó toda ella sobre la caja y gritó que para quitársela tendría primero que matarla.

Una transformación. Hablo de Telmo. Cada vez estaba más seguro.

–Por lo visto tus padres te importan muy poco –amenazó Tinieblas–. Basta de jugar. Me llevo esa caja por las buenas o por las malas.

Si solo hubiera dicho esas palabras, Telmo al fin habría seguido siendo Telmo, pero Tinieblas, además, daba golpecitos con la mano en el bolsillo de su americana. Por eso ocurrió la metamorfosis, lo sé: un niño convertido en una bestia. No puedo contarlo despacio, ni siquiera puedo recordarlo más despacio de como sucedió: Telmo furioso. Telmo lanzándose a Tinieblas. Telmo dándole puñetazos y patadas en las piernas. Tinieblas se agachó, se puso a su altura y lo sujetó por los brazos zarandeándolo. El pequeño esfuerzo le hizo resollar como un bisonte. Pero Telmo se escurrió y cogió dos buenos puñados de arena, uno con cada mano, que fueron a parar directamente a los ojos de Tinieblas.

–¡Crío maldito! –farfulló.

Tinieblas había tirado la linterna y se revolvía frotándose los ojos. Pedía ayuda a Gallito. A gritos. Solo que Gallito no podía ayudarle porque en ese momento tenía las manos ocupadas en silbar con dos dedos dentro de la boca. Un silbido largo y penetrante como la sirena del coche patrulla que le habían prohibido utilizar.

Otra señal.

Entonces me desentendí por un momento de Telmo, de Gallito y de Tinieblas, de todo lo que me rodeaba, ante la sorpresa que me produjo la aparición inmediata de la Banda. Sí, allí estaban todos como salidos de la maleza: Zetazeta, el Bruno y el Benito, Apache, Casimiro Gas... y la Canuta portando el estandarte que en ese caso era una linterna encendida. Y venían a ayudarnos, estaba preparado de antemano. No tengo palabras, todavía se me pone la carne de gallina cuando lo recuerdo, la gratitud me bloquea. Entre todos redujimos e inmovilizamos a Tinieblas. Ver para creer. Nos costó menos de lo que pueda parecer. A pesar de su gordura, o quizá a causa de ella, era un adversario flojo; el temor que provocaba no sería desde luego por su fuerza física. Entonces, el culturista le puso unas esposas y le quitó la pistola que el lento y pesado Tinieblas no había tenido tiempo de sacar, un revólver de cinco balas que me trajo al pensamiento el ridículo asunto de la ruleta rusa que tanto me había hecho temer por la vida de mi hermana.

Tinieblas estaba tirado en el suelo, jadeando. Se le había caído el sombrero y a la luz de la linterna vimos en su cabeza sin pelo varias heridas mal curadas.

–Conque una traición..., me habéis hecho venir engañado, malditos ingratos, me habéis metido en una ratonera –dijo con la voz gangosa–. Pero no podréis probar nada. Ni siquiera tengo huellas dactilares que me identifiquen.

–Solo lo poco que sí podemos probar será suficiente *pa* empapelarte –dijo Gallito.

–¿Por qué? No puedo entenderlo. ¿He sido poco generoso contigo? –dijo Tinieblas. Gallito negó con la cabeza–. ¿Entonces...?

Gallito señaló a los gemelos.

–Los chicos. No quiero que se avergüencen de su padre. Necesito méritos *pa* volver al cuerpo. *Amos* a *ve* si con esto lo consigo.

–Te hundiré, haré todo lo posible, dalo por hecho.

Gallito se encogió de hombros.

Y, así, mientras todos éramos espectadores vip de la actuación de Gallito, yo asumía un nuevo cambio de rumbo en mi manera de mirarlo. Había visto al policía, al defensor, al tramposo, al esperpento... Pero ¿a quién veía ahora?

Pues veía a Joaquín Murrieta, ese personaje real que salía en el Coyote y del que leí que fue bueno y malo, que es lo mismo que decir humano.

Había un sonsonete de grillos o de cigarras y se confundió con el ruido que, de pronto, hacía Tinieblas al respirar. Después, todo siguió el proceso lógico: la tos, la cara congestionada, el cuello hinchado, la asfixia...

–Es un ataque de asma –dijo Talú–, y muy fuerte. Si se complica con un ataque al corazón, puede llegar a morir. Conozco bien los síntomas, a mi madre le ocurrió algo parecido.

Lo dijo en pasado. No un pasado reciente: «ha ocurrido», o un pasado evocador: «ocurría», sino un pasado lejano y definitivo: «ocurrió». Entonces ¿dónde estaba ahora su madre? Así nos enteramos de que Talú desde hacía mucho tiempo no tenía madre. Ni tampoco una hermana mayor que le hubiera hecho de madre. Ni siquiera un hermano pequeño con el que desahogarse cuando todo se vuelve tan difícil y torcido como insoportable. Entonces, pensé en mi familia disgregada, nada típica, en mi padre que nunca llamaba a mi madre «cari» o «mamá» como los demás padres, solo «chata», y, qué quieres, en medio de todo sentí que era afortunado.

Gallito no perdió el tiempo. Llamó a la ambulancia; llamó a la policía también. Llegaron todos rápidamente haciendo sonar las sirenas. Los camilleros tumbaron a Tinieblas en una camilla y le aplicaron los primeros auxilios antes de llevarlo al hospital: inhaladores, inyecciones, masaje cardíaco, mascarilla... Entre los dos camilleros y dos policías, casi no podían moverlo.

Sin respiración, sin sombrero, sin pistola, Tinieblas era un ochenta por ciento menos de Tinieblas. Fue la última vez que lo vimos y sentí pena por él. No sabía por qué la sentía, pero la sentía y sentirla me fastidiaba porque a los catorce años y medio, si eres demasiado sensible y encima te llaman *canco* o mariquita, entonces tienes un problema.

La libertad

Es el gran momento.

Todos alrededor de la caja, la caja verde de metal.

Todos; ya qué más da.

Julia mete la llave en la cerradura. La cerradura está roñosa, se resiste.

Pero lo consigue.

Todos con la cabeza inclinada sobre la caja.

Ansiosos.

Hay piedras grandes para que la caja pese más y se hunda, y un paquete envuelto en cantidad de plásticos.

Un paquete perfectamente hermético.

Julia lo abre, no voy a dar detalles de lo que le cuesta.

Los demás esperamos. Ansiosos.

Ya está, ya tiene lo importante en sus manos.

Los labios le tiemblan y dos gruesos lagrimones se le escapan de los ojos. Dice:

–He pagado mi deuda, por fin soy libre.

Dice que estemos tranquilos, que llora de alegría, no de pena.

Todos en silencio, mudos.

Talú, Maricarmen, Apache, la Canuta también. Todos. Quizá porque no saben qué significan esas palabras.

Yo sí sé, claro que sé.

Julia saca de su bolsillo el mensaje de Panga-Panga. Es para Gallito, ya lo han hablado.

Le falla la voz cuando dice:

–Necesito estar sola.

Se aleja abrazada a *Leyendas casi ciertas de los cinco océanos*, el viejo libro confiscado, el primer libro de cuentos de mi hermana.

De lo que se dice cuando se dice adiós

Y un día el viento paró de soplar.

Se marcharon los cabalgadores de olas siguiendo su estela con las tablas de colores a la espalda, se marcharon los turistas a sus ciudades oscuras, y los socorristas y los hamaqueros y los vendedores ambulantes de refrescos y los gorrillas de los aparcamientos ya no tuvieron nada que hacer.

Acababa el verano; la playa era territorio solitario en el tiempo de las maletas y de los adioses.

También Maricarmen se iba. Empezaba el bachiller en un colegio selecto de Cádiz y su madre había elegido para ella una residencia de estudiantes tan cara como un buen hotel.

–Pero vendré a casa todos los *findes* y mantendremos el contacto –me dijo, y matizó–: al menos al principio, hasta que haga grupo.

Aún no le había pedido salir, no estaba convencido y tuve miedo de equivocarme, miedo de engañarla, de hacerle sufrir. Pero sobre todo tuve miedo de engañar a Dani, el chico que a sus catorce años y medio no sabía nada de chicas, y, lo más gordo: no sabía si quería o no quería saber. Un lío. Sin embargo, tras los importantes acontecimientos compartidos nuestra relación era mucho más sólida y mentiría si dijera que esas dos últimas semanas no habían sido estupendas ya que Maricarmen había hecho mucho más por ser querida que por no serlo.

Hasta que haga grupo, acababa de decir. Y me la imaginé en el colegio selecto conociendo a chicos de buenas familias que la invitarían los fines de semana a sus casazas con barbacoa y piscina. Chicos mayores que yo, con corte de pelo de futbolista, sin granos en la cara y siempre con un billete de veinte euros en el bolsillo. La verían como era: libre y espontánea y atrevida y generosa y..., en fin, increíblemente guapa. Y algunos, o muchos, en tiempo récord estarían pillados comiendo de su mano, como si lo viera. ¿Y sabes qué paso? Pues que tuve envidia de ellos y pena de perder aquello que hasta ese momento sin hacer ningún esfuerzo yo sentía que me pertenecía.

Así que me decidí. No tenía ni idea de cómo se hacía, pero lo hice; le pedí que saliéramos, que nos hiciéramos novios, y le puse en la mano un candado que debíamos colgar juntos en la barandilla del puente del pueblo.

¿Qué pasó? ¿Qué hice mal?

Maricarmen apartó la mano. Negaba con la cabeza. Luego me miró sin sonreír. Tenía los ojos más verdes que recuerdo, aunque, ahora que lo pienso, a lo mejor no eran verdes.

–A buenas horas, Dani –dijo–. Lo siento, pero ya es demasiado tarde.

Aunque podíamos seguir siendo amigos. Amigos íntimos, recalcó.

No supe si me había aceptado o rechazado, nunca entenderé a las chicas. Quizá es que se había dado cuenta de que, ante su próxima y excitante vida, el año que me sacaba era ahora, como poco, un insuperable abismo.

Paseamos por la playa de la mano nuestra última tarde juntos hablando de proyectos que no sucederían, haciéndonos promesas que no se cumplirían y planeando futuros veranos que no compartiríamos.

–Te escribiré cartas muy largas –dijo. Pero enseguida se corrigió–: no, qué digo. Cartas, no; correos electrónicos, las cartas están pasadas de moda.

Cierto. También el de las cartas era un tiempo acabado.

Me abrazó antes de irse porque siempre era ella la que abrazaba y aunque puede que lo hiciera como para sellar una etapa que empezaba, en realidad no era más que la despedida de otra que terminaba. De una cancela que se cerraba.

Y así, como un virus que se propaga por el aire, se contagiaban los adioses. Talú también dejaba el pueblo. Se iba como vino; sus cuatro cosas casi cabían en el macuto. Ahora estaba haciendo fotos a la Casa del Alto, a la laguna, a Telmo y a mí (de Julia tenía muchas), porque quería llevarse el recuerdo de una etapa, dijo, inolvidable.

–Si es «inolvidable» no necesitas fotografías –dije con malicia. ¿No era tan amigo de las palabras? Pues que hablara con propiedad. La verdad es que estaba un poco picado ante esa nueva despedida.

–Las necesito para cuando los Devoradores de Cerebro se me instalen y aniquilen mi memoria y mis recuerdos –precisó. Y nos echamos a reír tontamente.

Me agradó que guardara la Nikon en la funda; aunque picado, yo tenía ganas de hablar.

–¿Por qué te vas? –le pregunté–. ¿Porque han cerrado el chiringuito?

–¡Qué va! Habrá un chiringuito abierto para mí en otro lugar, eso no será un problema. Me voy porque no está aquí lo que busco, tengo que seguir buscando.

En la orilla de la laguna, Telmo intentaba atrapar ranas mientras nosotros lo vigilábamos de cerca.

–¿Qué buscas? –dije.

–Busco una historia que me sorprenda; no me gustan los finales previsibles, ya lo sabes.

–No te entiendo.

–Salí de mi ciudad y de mi casa porque mi vida era tan acomodada y vulgar que costaba llamarla vida: un negocio familiar saneado y sin riesgos, una casa confortable, una novia preciosa y enamorada, una de esas personas que no usan palillos de dientes en la mesa y que se aprietan la nariz con dos dedos cuando estornudan en público. Para el cuento de mi vida quiero una narración improvisada y asombrosa, y me temo que tampoco será aquí donde la encuentre. Sé que no es una reflexión práctica ni lógica, pero es la única que me motiva.

–¿Qué tipo de narración improvisada esperas?

–Si pudiera contestarte a eso no sería improvisada, pero te pondré un ejemplo. Supe de la existencia de un hombre al que los espejos no devolvían su imagen, solo podía verse reflejado si se miraba en el mar. Pero su fisonomía cambiaba según cambiara el mar, tú sabes que no tiene dos días iguales, así que se instaló en una casa de pescadores y todas las noches se acostaba con la emoción de levantarse por la mañana y mirar cómo sería su aspecto. Quiero pensar que habrá para mí un destino como el de ese hombre.

Otra historia imposible y alegórica. Pero yo aquella tarde no tenía cuerpo de metáforas.

–Te vas cuando mejor se está, ahora que ha parado el viento... –dije disimulando algo que me subía a los ojos y que no era más que simple y llanamente lágrimas.

–Buscaré otro lugar donde haga viento. Ya ves, después de un verano aquí he decidido que me gusta el viento.

–Yo pensaba que estabas enamorado de Julia, que la querías –echaría mano de cualquier pretexto para intentar convencerle de que se equivocaba.

–Y la quiero. No sabes cuánto. Podría amarla hasta tener miedo de no verla cerca, pero a Julia es mejor quererla que amarla. Pensarla que tenerla. A menos que te guste el sufrimiento.

–Vale, una vida improvisada. ¿No es eso lo que buscas? –repliqué. No le daría tregua.

–Tienes razón. Nunca sabría si estoy con Julia, con Shirley, con Mamelai...

–¿Entonces?

–El amor es cosa de dos y Julia ahora está a otros asuntos.

–¿Cuáles?

–Ahora que por fin se siente libre (de Tinieblas, de la deuda, de todo), tiene que perdonarse, curarse, encontrarse. Y quiere y debe hacerlo sola.

–¡No estará sola! ¡Yo nunca la abandonaré! Creo que en el fondo no la conoces ni la comprendes.

–Desde luego. Ni lo uno ni lo otro. Intentar comprender a Julia es admitir que no la conoces, porque conocerla es saber que nunca podrás comprenderla. Y eso es lo más maravilloso de ella. De todos modos, Julia siempre será un lugar al que quiera volver. Y ¡quién sabe!, tal vez lo haga.

La invasión de tristeza era cada vez más evidente y tenía los ojos atascados. Menos mal que Telmo llegó con una rana en la mano y tuvimos que felicitarle y que reírnos y que aconsejarle que luego la devolviera al agua. Dije:

–Cuando decidas volver, te estaremos esperando. Te lo prometo.

Y él contestó:

–Aquí, no creo. ¿A lo mejor en el norte?

El último Coyote

Casi me caigo de espaldas. Se me aligeraron los ojos al instante.

–¿Qué has querido decir?

–Lo que has oído. Que volvéis al norte.

–¿Cómo? ¿Cuándo?

Talú dijo:

–Muy pronto.

–Pero si Telmo y yo ya hemos empezado el curso...

–Colegios hay en todas partes. Lo que me extraña es que Julia no te lo haya dicho todavía. O para ser exactos, me extraña que no te hayas dado cuenta. ¿No te has fijado que hace días que empaqueta cosas?

Supongo que sí, que me había fijado. Pero supongo que no le di importancia. Por esos días andaba demasiado concentrado en el nuevo curso y en estrechar lazos con la Banda. Supongo que pensé que nos mudábamos a un piso pequeño que Julia, ya desligada del todo de la tía Paca, pudiera pagar. Supongo que pensé que no podíamos quedarnos en la Casa del Alto por más tiempo. Tinieblas iba a ser investigado. Como tenía asuntos turbios en el extranjero, se pensaba recurrir incluso a la Interpol. Todo eso lo sabía por los gemelos y ellos lo sabían por su padre, por Gallito, ahora muy popular y cuyo futuro como policía municipal prometía.

En todas partes hay colegios, sí. Y trabajos y casas y bandas y familias. Solo que cuando abandonamos el norte, nosotros perdimos de golpe todo eso.

–Sin mis padres, ya nada será lo mismo –dije bajando la cabeza. No serían los mejores padres del mundo, pero eran los míos, mi familia, no tenía otra, y veía la orfandad de Talú como algo terrible que no deseaba que me pasara.

Talú me tiró del flequillo hacia arriba para que levantara la frente, los ojos.

–¡Eh, Dani, eh! ¿Estás llorando? Venga, venga... Me vas a obligar a decírtelo.

–¿Decirme qué?

–Creo que no volvéis solos.

Lo miré como a un aparecido. Él ahora sonreía.

–¿Solo lo... crees?

–No lo creo, lo afirmo: no regresaréis al norte solos.

–¿Estás seguro? ¿Es eso cierto?

–Es la pura verdad, pero me estoy metiendo donde no me llaman. Anda, vete para la casa, será mejor que te lo explique Julia.

Desenfundó de nuevo la Nikon. Le oí murmurar algo con el ojo pegado al visor: «Las cosas pasan cuando tienen que pasar; ningún suceso es independiente, sino que hay otro anterior que lo provoca», pero no sabía si hablaba solo o, por el contrario, se dirigía a mí.

Recordé que la noche anterior había estado desvelado. Como no me dormía, me puse a leer El hijo del Coyote para ver si me llegaba el sueño. Al margen de la aventura de pistoleros, que me pareció muy entretenida, me llamó la atención el problema que planteaba sobre la relación de César de Echagüe con su hijo. El muchacho admira al Coyote, pero desprecia profundamente a su padre, al que ve como un cobarde. Hasta que conoce la verdad, que ambos son el mismo hombre, y su afecto hacia él se fortalece. Pues bien, yo también acababa de comprender que el jugador de póker y el padre arrepentido que rescató a Julia cambiándose por ella eran la misma persona. Y de igual modo comprendí que podía y quería quererlo. Pero lo más asombroso fue reconocer que, para llegar a comprender eso, todo lo vivido aquel verano seguramente había sido necesario. Entonces, las palabras de Talú adquirieron un significado meridiano.

Anochecía y no eran ni las nueve, el otoño se estaba colando sin avisar.

–Vamos, Telmo, deja eso. Julia tiene que contarnos algo importante.

Claro que preguntó qué era. Cincuenta veces. Pero yo iba ensimismado pensando en mis cosas, por ejemplo en la escuela de vida que me había proporcionado el Coyote.

Y como en la torre de la casa estaban esos libros cuando llegamos, en la torre se quedarían al marcharnos, por lo que el tiempo del Coyote también era un tiempo acabado.

Como tantas otras veces, Telmo se fijó antes que yo.

–¡Mira, Dani, mira, mira!

En el fondo no me sorprendió, aunque pudo parecer que sí, porque me quedé pasmado mirando la maceta de verbena como si no fuera capaz de subir las escaleras del porche. Porque, ¿sabes?, tenía flores, estaba llena. Muchísimas, no exagero. Unas flores pequeñas y moradas como uvas. ¿A que tiene gracia?

Entré en casa llamando a Julia tranquilamente para decirle, dándomelas de listo, que ya sabía que pronto, esta vez sí, pasaríamos las mejores navidades de nuestra vida.

Y eso es todo.

Índice

Marisol Ortiz de Zárate

Mi partida de nacimiento asegura que nací en Vitoria, una mañana de abril de hace unos cuantos años. Aunque el colegio no me gustaba demasiado, allí aprendí a leer y a amar los libros. Me convertí en una gran escuchadora de historias, que es lo que somos los lectores. Pero ese mundo se me quedó pequeño y un día decidí que quería ser, además, una contadora de historias, que es lo que somos los escritores.

Para inspirarme, hago bonitos viajes por mi país, o fuera de él. O no hago nada, simplemente me quedo viendo pasar la vida y pensando sobre qué me gustaría escribir.

Poner aquí los títulos de todos mis libros sería lo lógico, pero yo prefiero que, si buscas alguno o te apetece conocerlos, visites mi página web: www.marisolortizdezarate.com

Bambú Grandes lectores

Bergil, el caballero perdido de Berlindon
J. Carreras Guixé

Los hombres de Muchaca
Mariela Rodríguez

El laboratorio secreto
Lluís Prats y Enric Roig

Fuga de Proteo 100-D-22
Milagros Oya

Más allá de las tres dunas
Susana Fernández Gabaldón

Las catorce momias de Bakrí
Susana Fernández Gabaldón

Semana Blanca
Natalia Freire

Fernando el Temerario
José Luis Velasco

Tom, piel de escarcha
Sally Prue

El secreto del doctor Givert
Agustí Alcoberro

La tribu
Anne-Laure Bondoux

Otoño azul
José Ramón Ayllón

El enigma del Cid
Mª José Luis

Almogávar sin querer
Fernando Lalana, Luis A. Puente

Pequeñas historias del Globo
Àngel Burgas

El misterio de la calle de las Glicinas
Núria Pradas

África en el corazón
M.ª Carmen de la Bandera

Sentir los colores
M.ª Carmen de la Bandera

Mande a su hijo a Marte
Fernando Lalana

La pequeña coral de la señorita Collignon
Lluís Prats

Luciérnagas en el desierto
Daniel SanMateo

Como un galgo
Roddy Doyle

Mi vida en el paraíso
M.ª Carmen de la Bandera

Viajeros intrépidos
Montse Ganges e Imapla

Black Soul
Núria Pradas

Rebelión en Verne
Marisol Ortiz de Zárate

El pescador de esponjas
Susana Fernández

La fabuladora
Marisol Ortiz de Zárate

¡Buen camino, Jacobo!
Fernando Lalana

La Montaña del Infierno
Marisol Ortiz de Zárate